大あくびして、猫の恋

猫の手屋繁盛記

かたやま和華

集英社文庫

目次

にゃこうど　7
奇妙奇天烈な白猫姿の宗太郎が、語る　135
男坂女坂　225

大あくびして、猫の恋

猫の手屋繁盛記

にゃこうど

一

「ぬ、また踏んでしまったか」

三光新道でのこと、近山宗太郎にこの日二度目の運が付いた。

「これ以上の運は御免こうむりたいものであるな」

誰に言うでもなくぼやいて、ねっとりと汚れた草履の裏を地面にこすりつける。夕焼け空を横切る赤蜻蛉に気を取られて、足もとを見ていなかったのがいけなかった。

火事に喧嘩に中っ腹。伊勢屋、稲荷に犬の糞。

江戸名物を並べた文句である。中っ腹とは勇み肌の俠客のことで、そのほかは、読んで字のごとし。

日本橋長谷川町は大火に見舞われることもなく、喧嘩っぱやい中っ腹もおらず、伊勢商人から暖簾分けされた伊勢屋があるわけでもないが、稲荷はあった。

その名も、三光稲荷。長屋と長屋に挟まれて窮屈そうに建つ、こぢんまりとしたお稲荷さんだ。

稲荷は古くは農耕の神だったが、江戸期になって商売の神として崇められるようになると、たちまち方図なく数が増えていった。一町に一社どころか、三社も五社も勧請している土地がある。石を投げれば稲荷に当たる、などと言うと罰当たりではあるが、そう言いたくなるほどの流行神だった。

そうした中には商売繁盛ばかりでなく、まれに毛色の変わった所願にご利益があることを謳う稲荷もあった。虫歯封じで評判の芝日陰町の日比谷稲荷、おできの神さまとして名高い深川万年橋そばの柾木稲荷、眼病平癒に霊験あらたかな市ヶ谷御門外の茶ノ木稲荷などなど。

そして、ここ長谷川町の三光稲荷は、犬猫がらみの願掛けにご利益があることでつとに知られていた。犬や猫の病封じに、迷い犬や迷い猫さがしに、江戸中から参拝客がひっきりなしにやって来る。願いが叶えば、お礼参りかたがた招き猫を奉納するということをするため、緑青の浮く銅葺き屋根の祠の周囲には、大小さまざまな猫の焼き物が並んでいるのが特色だった。

「また、招き猫の数が増えたようであるな」

宗太郎は草履の裏の汚れを十分に落としてから、朱塗りの鳥居をくぐった。夕暮れどきとあって、境内に参拝客の姿は見えなかった。

招き猫の数が増えるということは、それだけ願いが聞き届けられたということだ。

「しかし、なぜ、礼が招き猫なのか」

と、石部金吉の宗太郎は思う。稲荷の狐に奉納するのだから、招き猫よりも油揚げの方が喜ばれるのではないであろうか？

「あるいは、煮干し、であるとか」

宗太郎は懐にしのばせている煮干しを一尾、手に取ってみた。料理の出汁にするときは頭やはらわたは千切って捨てるそうだが、もったいない、その苦みがうまみになる。

「苦みの向こうにうまみがある。それは苦労の向こうに幸いがある、まるで人生そのものではないか」

お気に入りの金言とともに煮干しを口に放りこみかけたところで、宗太郎はハッと我に返った。

「それがしは煮干しを喜んでいるわけではないぞ」

煮干しをつまんでいる宗太郎の手のひらには、あずき色をした肉球がある。口もとには松葉に似たひげをたくわえ、頭のてっぺんにほど近いところには三つ鱗の形をした耳が生えている。

さらに背縫いをたどれば、尻の上に長くひんなりしたしっぽがうごめいており、顔も身体も全身が泡雪の毛皮に覆われていた。

姿かたちは、猫そのもの。むしろ、化け猫。

しかし、宗太郎は猫でも化け猫でもなく、人である。

話せば長い事情があって、奇妙奇天烈（きてれつ）な白猫姿に身をやつして裏店（うらだな）暮らしをしているが、歴（れっき）とした武士なのである。

その証（あかし）に、腰には二本差しを提げている。人だったころには、剣術道場では師範代を務めるほどの腕前だった。ときどき、人だったころというのは夢なのではないか、生まれたときから猫だったのではないか……と、弱気になることがあるが、そうしたときは左腰に差した大小の重みが、丹田（たんでん）に力をこめよ、と叱咤（しった）してくれるようだった。

「丹田とは、へその下あたりのことである」

猫の身体にも、へそはあった。人だったころの宗太郎は出べそだったが、この姿になったら毛皮に埋もれてよくわからないことになっていたので、しばらくは猫にはへそがないものと解釈していた。ヘンな話、乳首もなくなってしまったと思っていた。

「さかしまに、乳首は八つに増えていたがな」

などと取り留めのないことを考えながら境内を見回すと、招き猫にまじって何匹かの野良猫が狐像の足もとでごろごろしていることに気づいた。

「千代紙（ちよがみ）一家の猫か、新顔もいるな」

宗太郎は懐から油紙ごと煮干しを取り出して、野良猫たちにくれてやった。

三光稲荷が犬猫がらみの願掛けにご利益があるため、長谷川町界隈（かいわい）には犬好き、猫好きが多く寄り集まって暮らしている。それをいいことに、境内に犬猫を捨てる不届き者が引きも切らずにやって来るのは、はなはだ残念なことだった。

　そんな捨てられた命であっても、三光稲荷の野良猫たちは一家を組んでしたたかに生きていた。犬と違って猫は群れないと思われているようだが、それは猫の浮世をわかっていないだけなのである。

「今日は、千代紙はいないのか？」

　宗太郎は一家の親分である千代紙をさがしてみたものの、境内に鉢割れ猫の姿はなかった。縄張りの見回りにでも出ているのかもしれない。

　猫を苦手としていた去年の宗太郎なら、いちいち野良猫を気に留めることもなかっただろうが、人とは変われば変わるものである。

　風体も、武士から白猫に変わってしまった。

「いやいや、それがしは限りなく白猫に近いだけで、白猫になってしまったわけではないぞ。煮干しより、羊羹の方が口に合う」

　甘味が好物というのも武士としてどうかと思うが、それはそれとして、めっきり犬よりも猫に親しみを覚えるようになってきたのは、

「やはり、この白猫姿に引っ張られているのであろうか」

　なんとも、業の深い我が身である。

宗太郎は丹田にぐっと力をこめると、早く人の姿に戻れることを切に願って、三光稲荷を後にした。


鳥居を出て三光新道を三歩も歩かぬうちに、宗太郎にこの日三度目の運が付いた。

「おおう。二度あることは三度ある、か」

江戸名物、犬の糞である。

猫は糞を砂に埋めて隠すが、犬はそのままほったらかしにするのがいただけない。往来のど真ん中だろうが、客でにぎわう店前だろうが、神仏の門前であっても、ところかまわず落として回る。江戸という町は野良犬が多いので、市中のあちこちに糞が落ちているという不名誉な名物だった。

長谷川町の人々は〝クソ〟を〝フン〟と読んで〝運〟に言い替え、〝運付く〟などと洒落にしているが、宗太郎には〝運尽く〟にしか思えない。鼻が利くので、草履から漂うにおいに背筋がぞわぞわしてたまらなかった。

「おや、その猫背は猫先生じゃないですかい？」

草履を地面にこすりつけていると、背後から伝法な声をかけられた。

色褪せた弁慶縞の着物に盲縞の前垂れを締め、手には風呂敷を抱えている大年増のお登勢だった。

「お登勢どの、それがしは猫先生ではなく」

「あら、そのお足もと、運が付いちまったんですね」

「はぁ、今日だけで三度目です」

「まぁ、それはお気の毒さま。猫より犬の方が賢いなんて言う人がいますけど、聞いてあきれますね。ほんに賢いのは猫ですよ。あの子たちは、こんな道端にはまかり間違っても落としませんからね」

　お登勢は三日月長屋の隣の市松長屋に暮らす、腕のいい女髪結いだ。めっぽう猫好きである反面、犬には少々手厳しいところがある。

『長谷川町に暮らす人々は犬猫好き』と世間からはひと括りにされているが、細かく話を聞いてみると、『犬は好きだが猫は気味が悪い』『猫は好きだが犬は怖い』など、どちらか一方だけを贔屓にしている場合が存外多い。犬派、猫派で、さながら源平合戦のような言い争いが井戸端で繰り広げられることもあった。

　お登勢は、市松長屋きっての猫派で知られていた。

「猫先生なんて、きちんと厠で用を足しますもんね」

「お登勢どの、それがしは猫ではなく」

「ええ、ええ、わかっていますよ。人に化けかけている猫ですよね。早いとこ、うまく化けきれるといいですね。よっく三光稲荷にお願いするといいですよ。あたしからも、しっかりお願いしておきましょうかね」

早口に言って、お登勢が三光稲荷に向かって手を合わせた。

長生きした猫は、月夜の晩に頭に手拭いをのせて踊ると人になれる。

そんな俗信があって、宗太郎は長谷川町の人々から〝人に化ける修行中の猫〟だと思われていた。

「それがしは人に化けかけているのではなく、人です。三光稲荷には、早く人の姿に戻れるように願掛けをしているのです」

宗太郎がむきになって言い募っていると、それを笑い飛ばすように、おちゃっぴいな娘が話に割って入ってくる。

「あたしは今のままの猫先生で十分ありがたいし、十分かわいいと思いますよ」

「かわいい……」

危うく、宗太郎の丹田から力が抜けるところだった。

「……いやいやいや。お比呂坊、武士とはかわいいものではなく」

「あ、猫先生、またあたしのこと子ども扱いして。あたしは、もう坊なんて呼ばれる年じゃないですからね」

「む、そうであったな」

「なんてね、うふふ。長生きしている猫先生から見たら、あたしはまだまだ子どもなんですものね」

それがしは、まだ二十三なのだが。

とは言えずに、宗太郎はしっぽりと濡(ぬ)れた鼻を舌先でペロリと舐(な)めた。気を落ち着かせたいときに出るこの癖は、人だったころにはなかったものだ。

お比呂はお登勢の娘で、十六になる。とっくに肩上げをおろした娘盛りではあるのだが、小柄な上に頬が丸くて目が大きいせいか、あどけなさが残る顔立ちだった。

「あー、お比呂……どの」

「いやだわ、それもなんだかくすぐったい」

母と同じように着古した矢鱈縞(やたらじま)の着物に盲縞の前垂れを締めているお比呂が、脇腹でもくすぐられているかのように笑いながら身をくねらせる。

「猫先生、お比呂坊でいいですよ」

「む、そうか」

それがしも『猫先生』でもいいような気がして……、いや、いいはずがない。

「こら、お比呂。猫神さまの猫先生を困らせると罰が当たるよ」

「おっ母(か)さん。それを言うなら『祟(たた)られるよ』じゃない？　化け猫の祟りはおっかないんだから」

「なるほどね、それはおっかないね」

お登勢とお比呂は福々しい丸顔で表情豊かなところが、とてもよく似ていた。

あけすけな物言いだが、ふたりに悪気はないことを宗太郎はよくわかっている。

三日月長屋の店子たちも、いつもこうだ。咳もくしゃみもいびきも、寝言すら筒抜けの九尺二間で暮らしていくならば、妙な気は置くべきではない。同じ長屋に住まう店子は家族のようなもので、同じ町内に住まうご近所さんはいとこやはとこぐらいの気安さがある。それが、江戸の裏店暮らしというものなのだ。

「それがしは猫神でも化け猫でもありませんぞ。罰も当てなければ、祟ることもないので、おっかないことはない」

「そうですよね、猫先生はおっかなくはないですよね。かわいいんですものね」

「かわいくもない」

「そうやってムキになるところが、またかわいいんですってば」

「む、むう」

ああ言えば、こう言う。まったく、年ごろの娘は口がよく回る。

「町娘も、姫君も、口達者なところは同じであるな」

宗太郎はお比呂にやりこめられながら、許嫁のことを思い出していた。

さる大身旗本の姫君だ。許嫁と言っても、年が離れているので妹のようなものなのだが、何彼につけて姉が弟を叱るみたいに口うるさい文を送ってくる。薄々、すでに尻に敷かれているのではないかという気がしないでもなかった。

　これまでの人生、剣術道場と拝領屋敷を往復するだけの毎日を送ってきた宗太郎にとって、唯一の女っ気が許嫁の存在だった。その許嫁に頭が上がらないのだから、ほかの娘と対等にやり合うことなどできようはずがないのだ。

　宗太郎はお比呂にもう何を言われても動じないように、そっと耳を後ろに向けた。猫の耳は向きを変えるだけで、聞かなくていい言葉は聞かないで済むのがいい。

「ほらほら、お比呂がからかうから、猫先生の耳があさって向いちまったよ」

「やだもう、猫はそういうかわいげのないところがかわいいんだから」

　聞こえない、聞こえない。

　ふたりは出で立ちからして、髪結いの仕事帰りのようだった。

　お登勢は芝居町の床山だった亭主を早くに亡くしたあと、後家を立てて女手ひとつでお比呂を育ててきた苦労人だ。本人はそうした事情はおくびにも出さないが、娘のお比呂には母の苦労がわかっているからこそ、近ごろではこうして一緒に得意先を回るような親孝行をするようになったのだろう。

　芝居町で役者の髪を結うのが床山だとしたら、市中で庶民の髪を結うのは表店に見世を構える髪結い床だ。ほかに、得意先を回る廻り髪結いというのもいる。

いずれも客は男に限られているのだが、時代が下がるにつれて婦女の髪も到底自分で結えるものではなくなり、そこで女髪結いが登場するようになった。

元々は、遊女や芸者を客とした。それが今では商家のお内儀(ないぎ)や、長屋暮らしのおかみさんから年ごろの娘まで、あらゆる婦女が女髪結いを頼りにするようになっていた。額が狭い人には前髪を立てないように、丸顔の人には鬢(びん)を張らないように、男にはわからない細やかな気遣いをしてくれるのが女髪結いの心憎いところなのだそうだ。

お登勢はそうした気遣いに長(た)け、長谷川町周辺の大店(おおだな)のお内儀たちから大層重宝がられていた。京坂(けいはん)の女髪結いは小ぎれいな着物に縮緬繻子(ちりめんしゅす)の前垂れを締め、ひと目でそれとわかる洒落た装いをしているそうだが、江戸では洒落た装いをするのはあくまで客であり、女髪結いはその手伝いをするに過ぎないという立場から、いたって地味な着物と前垂れを締めている。それが、かえって粋に見えた。

そんなお登勢の足もとに、どこから現れたのか、一匹の白雉(しろきじ)猫が鈴の音とともにとてとてと歩み寄って来た。

「あら、桃太郎(ももたろう)。お迎えに来てくれたのかい?」

「ニャーア」

立派なふぐりのある雄猫だった。お登勢の盲縞の前垂れに頭突きするように顔をこすりつけたあとで、お比呂の足もとにも同じように顔をこすりつけていた。

「ただいま、桃太郎。今日も一日、いい子にしていて？」

「ニャーア」

お比呂が抱き上げると、白雉猫の首の鈴が大きく鳴った。

紫縮緬の首輪をしている白雉猫の桃太郎は、お登勢母子の自慢の飼い猫だ。三年前に三光稲荷で鳴いていたところを拾われ、お登勢からは息子のように、お比呂からは弟のようにかわいがられて育った。当初はほかに二匹の兄弟猫がいたそうだが、桃太郎以外は長屋に居着かず、三光稲荷に舞い戻って千代紙一家として暮らしているらしい。

ただ、そのうちの一匹は梅雨どきから姿が見えなくなっており、お登勢は回向院に供養代を払っていた。猫の一生もいろいろである。

「桃太郎は果報者であるな」

宗太郎は猫の耳を前に戻して、お比呂の腕の中で喉を鳴らしている桃太郎の額を、あずき色の肉球でちょんと突ついた。猫なのか、人なのかわからない宗太郎の姿を怖がって威嚇してくる猫も少なくないが、桃太郎はよほど人懐っこい性分のようで、目が合うといつもゆっくりとまばたきをしてくれた。

猫のまばたきは、心を開いてくれている証なのだそうだ。

「ニャーア」

「そうか、ふむ」

　宗太郎も、まばたきを返した。

「猫先生、今、桃太郎はなんて言ったんです？」

「わからん」

「えー、猫同士なのにわからないんですかー」

「お比呂坊、それがしたちは猫同士ではない」

「桃太郎も猫先生みたいに長生きして化け猫になったら、おしゃべりができるようになるのかしら」

「それがしは長生きもしていないし、化け猫でもないのだが」

　もごもごと突っこみを入れながら、宗太郎はまたそっと猫の耳を後ろに向けた。

　茜色の空には東から藍がにじみ出し、暮れ六つ（午後六時ごろ）の鐘がいつ鳴り出してもおかしくない刻限を迎えているようだった。この空の色になったら、お登勢母子が市松長屋に帰って来ることを、桃太郎はちゃんとわかっているのだろう。

　そのいじらしさに感心していると、

「あら、桃太郎？」

　お登勢が何かに気づいたように、桃太郎に丸顔を近づけた。

「お前さん、また白粉とお香のいい匂いがするね。あたしたちが仕事している間、どこで浮気しているんだい？」

「浮気？」

切れ切れに聞こえた唐突な言葉が気になって、宗太郎は猫の耳を前に戻した。

「猫先生、猫ってほんに賢いですね。そりゃもう、ずる賢いったらないですね」

「はて、それはどういう？」

「この子、あたしたちが昼間いないのをいいことに、どこぞのお屋敷に上がりこんで、ずいぶんと寛(くつろ)いでいるみたいなんですよ」

「ニャーア」

「白(しら)を切ったってダメさ、バレているんだよ」

「ニャーア」

「そうやって、浮気相手にもかわいい声で甘えているんだろうね」

「ほほう」

いじらしいと見せかけて、やはりそこは猫であった。

犬ならば二君に仕えるようなことはしないが、猫はおいしい物をくれて、温かい寝床を貸してくれる人は、みな主人と見なしている節がある。むしろ、自分こそが主人で、人間が家臣ぐらいに思っていると言っていいかもしれない。

なぜなら、猫とは唯我独尊(ゆいがどくそん)であるからだ。

ということを、宗太郎はあまたの猫と接するようになって知った。

「毛皮からもひげからも上品な匂いがするね。大方、どこぞの大店のお内儀さんの膝の上で寝ていたんだろうね」

「おっ母さん、そっとしておいてあげましょうよ。そういうちゃっかりしたところも、猫のかわいいところじゃないの」

　お比呂は桃太郎を抱き締めて、かばっていた。

「悪いとは言っていないよ。だけど、気になるじゃないのさ。あたしたちの知らないところで、この子がどんなふうに過ごしているのか」

「そんなの、かわいがられているに決まっているわ。だって、桃太郎はこんなにかわいいんですもの」

　お比呂にかかると、かわいい、の大安売りである。

「そりゃ、親切にしてもらっているのは毛皮を見ればわかるよ。撫（な）でても抜け毛が少ないからね、昼のうちに念入りに櫛（くし）を入れてもらったんだろうね」

「櫛を、それはうらやましい」

　宗太郎は桃太郎のなめらかな毛皮を、羨望の眼差（まなざ）しで見つめた。季節の変わり目の今、夏毛が抜けてたまらないのだが、他人（ひと）さまに梳（くしけず）ってもらえるとはいいご身分だ。

「そうだ、猫先生。この猫の手、あたしに貸してくださいな」

　そう言って、さりげなく肉球を触ってくるあたり、お登勢は生粋の猫派である。

宗太郎の方も慣れたもので、さりげなさを装って手を引っこめた。

「この〝猫の手〟、喜んで町の人々のためにお貸ししましょう」

「それじゃあ、昼間、桃太郎がどこでどうやって過ごしているのか、この子から訊き出してもらえませんかい？」

「訊き出すことはでき兼ねますな」

「お手間代も出しますし、招き猫も奉納しますから」

「招き猫よりは煮干しの方が、いやはや、そうではないのです。それがし、猫の言葉はわかり兼ねるのです」

「猫同士なのに？」

先ほど、お比呂とそんなやり取りをしたのを聞いていなかったのであろうか？

「お登勢どの、それがしは猫ではなく」

「人に化けかけている猫ですよね」

このやり取りも先ほどしたはず。

「それがしは人に化けかけているのではなく、人です。それなので、訊き出すことはでき兼ねますが、この〝猫の手〟はお貸ししましょう」

桃太郎が毛皮に櫛を入れてもらうような浮気をどこでしているのか、宗太郎も気にならないわけではなかった。

「さすがは猫先生、頼りになりますよ」

「それがしは猫先生ではありませんぞ。猫の手屋宗太郎ですぞ」

宗太郎はあずき色の肉球のある、おのれの両手を見つめた。

小さくとも器用に動くこの猫の手を、町の人々に貸すのが宗太郎の生業だ。世の中には、猫の手も借りたいほどせわしない人、または困っている人たちがたくさんいる。

「世のため、人のため」

それはひいてはおのれのため、猫のため。

人の姿に戻るべく、宗太郎は百の善行を積まなければならない。塵も積もれば山となるなら、善行も積もれば人となる……かもしれないからだ。

「おっ母さんのお節介焼き」

桃太郎を抱き締めるお比呂が、ぼそっとつぶやいた。

「なんか言ったかい、お比呂？　浮気相手がどこのどちらさんかわからなけりゃ、お礼のひとつも言えないじゃないのさ」

「だから、そういうのをお節介って言うのよ」

「あんたはまだ子どもだからわからないんだよ。この世の中はね、金子とお節介で回っているんだよ」

「あたしはもう子どもじゃないわ」

「そうなのかい？　子どもじゃないって言うなら、そろそろ色男のひとりでも見繕ってみたらどうだい？」

　娘に浮いた話がないのをいいことに、母は意地悪な顔でからかっていた。

「色男なんて、こっちから願い下げよ。男は甲斐性でしょ」

　おちゃっぴいな娘は、よく大人を言い負かす。

「おっ母さんは、あたしのお相手が〝髪結いの亭主〟みたいなのでもいいわけ？」

「おや、これは一本取られたね。そうだよ、男は甲斐性だよ」

　女髪結いは、結構な稼ぎがある。それにぶら下がって働こうとしない甲斐性なしを、世間では〝髪結いの亭主〟と揶揄した。

「お比呂には、表店を持つだけの甲斐性がある髪結いに嫁いでもらいたいね」

「勝手に決めないで、本当に大人ってお節介焼きなんだから」

　ダメ押しのひと言を吐き捨てて、お比呂は先に市松長屋へと帰って行ってしまった。

「それがしも、お節介焼き……なのでしょうか？」

　宗太郎も大人だ。一連の言葉は、お登勢と宗太郎のふたりに投げつけたものであったような気がした。

「お比呂はわかっていないんですよ、お節介も礼のうちだってことをね」

「お節介も礼のうち？」

「あたしにとっては、お比呂も桃太郎も大事な子どもですからね。親切にしてくれる人がいるなら、母親としてきっちりお礼を言っておきたいんです」

「なるほど。親切には礼をもって返す、もっともなことです」

「猫先生が話のわかる猫でよかったですよ」

「それがしは猫先生でも、猫でもなく」

ついでに、お節介焼きでもないと思うのだが。もっとも、お登勢流に言うならば、『お節介も善行のうち』ということになるのかもしれないが。

善行とは恩送り。もらった恩は返すのではなく、よそへ送るもの。人から人へ、人から猫へ、猫から猫へ、猫から人へ。恩がめぐれば、浮世に情けの風も吹く。

とにもかくにも、よろず請け負い稼業、猫の手屋宗太郎。

今日も明日も、猫の手、貸します。

二

翌朝、宗太郎はさっそく市松長屋にいた。

お登勢母子が髪結いの仕事に出たあと、桃太郎がどこでどうやって一日を過ごしているのかを探るためだ。

「今日は朝から蒸し暑いな、桃太郎」

盂蘭盆会（うらぼんえ）が過ぎ、秋を迎えた江戸であったが、ここ数日は炎帝（えんてい）が舞い戻ったような厳しい暑さが続いていた。

三光新道から遠く近くに聞こえるのは、玉や、玉や、玉や、と繰り返す物売りの声だ。

「しゃぼん玉売りか」

しゃぼん玉は夏によく売れる玩具（おもちゃ）なので、秋の訪れとともにめっきり売り声が減るものだが、今日のような暑い日にはまたぞろ路地を流すこともあった。青空に向かって浮かぶ虹色の丸泡は、なんとも言えない涼感を誘う。

「あとで、ひとつ買ってみるか」

宗太郎は土壁に寄りかかって座り、しきりに桃太郎に話しかけていた。

桃太郎からの返事はない。時折、億劫そうにしっぽを動かすだけで、宗太郎のすぐ横でじっと香箱を作っている。

猫は返事をするのが面倒なとき、しっぽだけで相槌を打つことがある。今の桃太郎は面倒というよりは、眠くてたまらないといったところのようだった。

「眠いか、桃太郎。眠いであろう、それがしも眠い」

猫は寝る子、一日のほとんどをうとうとして過ごす。特に朝餉を食べて腹がふくれている今時分は、余計に眠い。

「桃太郎、何か話をしようではないか」

人である宗太郎が猫と会話できないのは重々承知しているが、黙っていると今にも上瞼と下瞼がくっついてしまいそうでどうしようもなかった。

「いかん、何かしゃべっていないと……」

雀のさえずり、表通りを流す物売りの声、長屋のおかみさんが子どもたちを叱る声に笑い声。三日月長屋も、市松長屋も、長屋と名の付くところは、どこもだいたい同じ音がする。

芝愛宕下大名小路の拝領屋敷で暮らしていたときは、遠くの廊下を歩く爺の衣擦れの音さえもはっきりと聞こえてくるほどに静かだった。

いつも、爺は廊下をきっちり鉤の字に曲がった。それが武士というものだと叩きこまれて育ったので、宗太郎は辻を曲がるときにも教えを守っていた。

「そうだとも、それがしは武士であるからして……」

「ブニャア」

　はて、拝領屋敷で猫を飼っていたであろうか……。

「ブニャア」

「ぬ？」

　宗太郎はパチリと目を覚ました。一瞬、ここがどこだか迷ったが、拝領屋敷でないことだけはすぐにわかった。

「市松長屋か。いかん、ついまどろんでいた」

「ブニャア」

「ぬぬ、千代紙ではないか」

　声をたどれば腰高障子が細く開いていて、どぶ板の上で鉢割れ猫の千代紙が鳴いているのが見えた。

「ブニャア」

「千代紙、いかがした？」

「ブニャア」

　しかし、会話は成り立たない。鳴くだけ鳴いて、千代紙は去って行った。

「はて、何用であったのか？　なぁ、桃太郎」

と、問いかけるように振り返って、

「いない！」

九尺二間から桃太郎の姿が消えていることに気づいた。

「そうか、それで腰高障子が開いていたのか！」

宗太郎は急いで土間を出た。すると、先ほど去って行ったはずの千代紙が井戸端に座りこんでいた。

宗太郎が外へ出て来たことを確認した千代紙が、のそりと歩き出した。

「ついて来いということであろうか？」

宗太郎が跡を追うと、千代紙は三光稲荷の境内へと入って行った。

「おう、桃太郎」

境内の狐像の足もとでは、桃太郎がよく似た白雉猫と寄り添って眠っていた。おそらく、千代紙一家として暮らしている兄弟猫なのだろう。

「離れて暮らしていても、血はつながっているのであるな」

そんなにくっついていては暑かろうとも思うが、微笑（ほほえ）ましい光景だった。

「千代紙は、桃太郎が三光稲荷にいることを教えに来てくれたのであるな」

「ブニャア」

「かたじけない」

宗太郎は礼を述べたあとで、はて、どうして千代紙は桃太郎の居所を教えに来てくれたのかと小首を傾げた。猫の手屋が桃太郎の一日を探っていることを、あたかも知っているかのようである。

さては昨日、それがしとお登勢どのが三光新道で立ち話をしているのを、どこかに隠れて聞いていたな。境内に姿が見えなかったので、てっきり縄張りの見回りに出ているものと思っていたが、意外と近くにいたのかもしれない。

「猫の気配の消し方は、さながら、忍びの者であるな」

犬が武士なら、猫は忍びの者。

そう考えれば、妙に納得がいった。


さて、それから四半刻（約三十分）もしないうちに、桃太郎が三光稲荷の境内を出た。

宗太郎は付かず離れずの間合いを取って、桃太郎の跡をつけた。桃太郎は宗太郎がついて来ていることに気づいているはずだが、駆け出して撒こうとするでもなく、勝手気ままに歩き回っていた。

青魚がてらてらと光る魚屋の前に差し掛かったときには、

「たま、待っていたのよ。これ、お父っつぁんとおっ母さんには内緒ね」

と、そばかす顔の娘から雑魚をもらっていた。

筆をかたどった丸彫り看板を掲げる筆屋の前に差し掛かったときには、

「白丸、お散歩かい？　今日は暑いから水をしっかり飲んで行きなさい」

と、しわがれ声のご隠居からお椀になみなみ注がれた水をもらっていた。

甘じょっぱいにおいを漂わせる煮売屋の前に差し掛かったときにも、

「あら、雉坊。あんた、鼻が利くね。ちょうど昼の仕込みが終わって、いらないのを捨てるところだったよ」

と、小太りのおかみさんから残飯をもらっていた。

「たま、白丸、雉坊……」

忍びの者だけあって、分身の術のようである。

そんな調子であちこちに愛嬌を振りまきながら、桃太郎は長谷川町からは二町ほど離れた入堀沿いの住吉町裏河岸までやって来た。周辺にへっついを作る職人が多く住んでいたことから、土地の人たちはこの裏河岸をへっつい河岸とも呼ぶ。

「はて、どこまで行くのであろう？」

人ならばなんでもない道のりだが、猫にしてみれば、ずいぶんな遠歩きになるのではなかろうか。

見守る宗太郎の少し前を、桃太郎がしっぽを立ててご機嫌な様子で進む。チリンチリン、と首の鈴の音も高らかに。

そのまま、桃太郎は入堀に架かる木橋を渡った。

「なんと、まだ南へ行くつもりか」

へっつい河岸より先の浜町界隈は、大名屋敷と旗本屋敷が建ち並ぶ武家地だ。町人地のにぎわいから打って変わって、人っ子ひとり歩いていない。四方の庭々から、うっそうと茂る樹々のさんざめきが聞こえているばかりだった。

「武家地とは、そういうところよ」

野良猫や野良犬の姿を見かけることも、まずない。町人地のように気軽にエサをくれる人がいないからだ。

「桃太郎、武家地では何ももらえんぞ」

宗太郎は木橋を渡りきったところで、一旦、顔だけでへっつい河岸を振り返った。

お登勢母子も、桃太郎がよもや武家地までやって来ているとは思うまい。

そうして、宗太郎がゆっくりと顔を前に戻したとき、

「いない！」

またしても、桃太郎の姿を見失ってしまった。

「どこに行った、桃太郎？」

すみやかに猫の耳を前に後ろに動かすと、樹々のさんざめきに雑(ま)じって、そう遠くないところからチリンチリンと首の鈴の音が聞こえた。

その音を頼りに首をめぐらせてみたところ、

「ニャーア」

と、あろうことか宗太郎の頭上から声がした。

「なんと、塀の上か」

見上げれば、桃太郎は武家屋敷のなまこ塀の上にいた。塀の向こう側では百日紅(さるすべり)の花が夏の終わりを告げるようにはらはらと散っており、どうやら、その花びらにちょっかいを出そうとしているようだった。

「いかん、桃太郎。そこは入っていいところではない、下りなさい。鍾馗(しょうき)のように強面(こわもて)の中間(ちゅうげん)にとっ捕まっては、一大事であるぞ」

宗太郎はなまこ塀に近寄って、必死に両腕を伸ばした。

「桃太郎、早くこちらへ」

「ニャーア」

「どれ、煮干しをやろう」

「ニャーア」

「煮干しはうまいぞ。苦みの向こうにうまみが……、ぬぬっ」

桃太郎が消えた。

「中に入って行ってしまった！」

宗太郎は両腕を伸ばしたまま、しばらく動けなかった。

「塀を乗り越えるとは、ますます忍びの者」

いやいや、感心している場合ではない。

仕方がなく、宗太郎は屋敷の門前に回ってみることにした。長屋だと木戸口に店子の表札を掲げているので、どの長屋にどういう職業の誰が暮らしているのか一目瞭然なのだが、武家屋敷には表札がない。

しかし、坪数や門構えで、ある程度の家格はわかった。

「ここは、旗本の拝領屋敷か」

大名屋敷ほどの間口はないものの、いかめしい両開きの門を設えてあった。両隣も同じような造りの屋敷なので、この一画には旗本衆が暮らしているようだった。

「旗本の拝領屋敷ならば手荒な中間はいないので、いくぶんか心安い」

奇妙奇天烈な白猫姿に身をやつすことさえなければ、宗太郎も旗本屋敷で暮らしているはずだった。そう思うと勝手に近しさを覚え、どういった役職に就く御仁が暮らしているのであろうかと、宗太郎の興味はだんだんと桃太郎の行方から拝領屋敷そのものへと移っていった。

　それとなく門前で中の様子に聞き耳を立てていると、突然、潜り戸が開いて初老の家人が出て来た。

「これはまずい」

　とっさに身を隠そうとしたが、町人地のように人と物でにぎわっているわけでない武家地では、それもかなわないことだった。猫背で右往左往している宗太郎の姿を目の当たりにした家人は、

「おおう」

　と、あからさまに驚いた声をあげていた。

　屋敷をうかがう化け猫、とでも思われたのかもしれない。取り乱しては余計に怪しまれるだけなので、宗太郎は努めて冷静に踵を返そうとした。ところが、

「あっ、お待ちを」

　まさか、呼び止められるとは思わなかった。

「その見事な泡雪の毛皮、あなたさまは猫の手屋の猫神さまではございませんか？」

　旗本屋敷の家人から、猫の手屋という商売について問われるとも思わなかった。

「それがしは猫神ではありませんが、さよう、通りすがりの猫の手屋ではあります」

「やはり、あなたさまが！」

　家人が口の端に白い唾を溜めて、宗太郎に深々と頭を下げる。

「お会いできて恐悦至極に存じます。わたしは当家用人、荻野勝信と申す者にございます。たまさかにもお屋敷前でお目にかかれようとは、この勝信、うっかり目鏡を尻で踏みつけてしまった甲斐がありました」

「は、目鏡？」

「わたしとしたことが、こちらの話です。それよりも、お会いしたばかりで不躾は承知の上、猫の手屋の猫神さまに折り入ってお頼み申しあげたき儀がございます」

「それがしは猫神ではなく、ただの猫の手屋ですが、この〝猫の手〟にできることであれば尽力いたしましょう」

藪から棒のことではあったが、化け猫扱いされているわけではなさそうなので、話を聞いてみようと思った。

「ああ、ありがたいことでございます。大奥さまが、さぞ喜ばれましょう」

「大奥さま？」

「またわたしとしたことが先走ってしまいました。立ち話もなんでございますから、仔細は中でゆるりと」

眉尻を下げる勝信は、人の好さそうな顔をしていた。眉が夏草のように長いのは、年寄りならではの愛嬌ということにしておこう。

「荻野どの、こちらはどちらさまのお屋敷なのですか？」

「はい、旗本の佐原(さはら)家にございます」

「佐原さま……」

宗太郎の知らない家名だった。旗本にもいろいろな家筋があって、いずれ就くことになる役職以外の面々とは横のつながりがない。

「殿は、勘定所(かんじょうしょ)の御勘定をしております」

「ほう、御勘定を……」

勘定所の役人は、ほとんどが世襲で就任する。勘定見習いに始まり、能力によって勘定、勘定組頭(くみがしら)、勘定吟味役(ぎんみやく)と昇進し、ごく稀(まれ)に奉行職にまで累進(るいしん)する者もいなくはないが、総じて勘定筋の旗本というと小禄(しょうろく)の幕吏にすぎなかった。

勝信とのここまでのやり取りで、この屋敷には大奥さまと殿が暮らしているということがわかった。『奥さま』ではなく、『大奥さま』と呼ばれていることから察するに、母と家督を譲られた惣領(そうりょう)息子ということになるのだろう。父である大殿さまは隠居の身か、他界しているのか、いずれにせよ、この屋敷の門構えからして、先代は小禄から一歩抜きん出たところまで累進した御仁のように思える。

そうした内証(ないしょう)向きにまで宗太郎が思いを巡らせていると、勝信に背中を押された。

「さぁさぁ、猫神さま。どうぞ、どうぞ」

その力強さに退(ひ)くに退けず、図らずも、宗太郎は見ず知らずの旗本屋敷へ足を踏み入れることとなったのだった。

きれいに掃き清められた式台玄関に通されたとき、実家の拝領屋敷を思い出して、不覚にも宗太郎の目頭が熱くなった。

「大奥さま、大奥さま」

勝信はともすれば宗太郎を置き去りにする勢いで、ちょこまかと廊下を奥へ向かって進んで行った。

「なんとも騒々しい用人であるな」

爺ならば、このような落ち着きのない歩き方はしない。呆れる反面、裏店暮らしに慣れた今では、こうした足音に親しみを感じないこともなかった。

宗太郎はきっちり鉤の字に折れながら、庭に面した廊下の角を曲がった。

少しして、花びらがはらはらと舞い散る百日紅の木が見えて来て、開け放たれている障子の手前で勝信が膝をついた。

「大奥さま、勝信でございます」

「まぁ、勝信。もう目鏡所から戻ったのですか？　それとも、うっかり者のそなたのこと、なんぞ忘れ物でもしましたか？」

声だけで、姿は障子の陰になって見えない。いかにも武家の御母堂らしい厳しさとやさしさを兼ね備えた声音に、宗太郎はまたも目頭を熱くした。

「いえ、まだ尻で踏みつけてしまった目鏡は直ってはいないのですが、それよりも、忘れ物というよりは、とんでもない拾い物をいたしまして」

「拾い物？」

「ああ、わたしとしたことが、要領を得ずに失礼仕りました。実は、屋敷前で猫の手屋の猫神さまにお会いしたのです」

「なんですって、猫神さまに」

「ああ、大奥さま。急に動かれてはお身体に障ります」

勝信が座敷に駆けこんで行った。

ここから先は、ふたりの上ずった声だけが聞こえてきた。

「勝信、わたくしも猫神さまにお会いしたい。この不自由な足が恨めしい」

「ご案じ召されずとも、大奥さまがそうおっしゃられると思いましたので、この勝信、猫神さまをお屋敷へお招きしております。不躾を承知でお頼み申しあげましたところ、さすがに徳がお高いだけあって快く受けてくださいました」

「まぁ、屋敷へ？　猫神さまが、この屋敷にいらっしゃっているのですか？」

「はい。こちらへ、お呼び申しあげてもよろしいでしょうか？」

「もちろんです。ああ、でも、どうしましょう。胸が苦しい」

「大奥さま、本日はお加減がすぐれませんか？」

「そうではないのです。夢にまで見た猫神さまにお会いできると思ったら、うれしくて胸が苦しいのです」

聞いているこちらの方が胸が苦しくなる掛け合いだった。

それがしは猫神ではない。徳が高いこともない。

「むしろ、業が深い身の上である」

宗太郎がそっと引き返してしまおうかと廊下を振り返っていると、

「猫神さま、どうぞこちらへ」

と、勝信に呼ばれてしまった。腹を括るしかない。

「御免」

宗太郎はできるだけ神妙な顔をして、座敷の端っこに座りこんだ。猫の顔では神妙なのか、笑っているのかわからないだろうが、これも心構えのうちだ。

座敷内は、秋草に似た清々(すがすが)しいお香の匂いがした。

「ああ、猫神さま」

御母堂は床の間を背に、脇息(きょうそく)に左腕をもたれさせる格好で横座りをしていた。宗太郎を見るなり、まぶしそうに目を細めながら胸の前で両手を合わせる。

拝まれても困るものの、御母堂のまとう凛とした気高さにおのれの母の面影を見た気がして、宗太郎は言葉を返せなかった。

「猫神さま、大奥さまでございます」

勝信が畏まって告げると、

「まさ枝と申します。このような格好で申し訳ありません。わたくし、足を不自由にしておりまして」

と、御母堂が少しでも姿勢を正そうとするので、宗太郎は慌てていざり寄った。

「そのまま。どうぞ、そのままで。それがしにお気遣いは無用です」

「まぁ。猫神さまは、やはり徳がお高いこと」

御母堂が再び手を合わせるので、宗太郎は身を縮こませて小声で言い足した。

「それがしは猫神ではございません。猫の手屋の、近山宗太郎と申します」

「猫山猫太郎さま?」

「いえ、近山……」

宗太郎です、と念押ししようと視線をさまよわせたとき、御母堂の膝の上で黴の生えた餅のようなものがうごめいていることに気づいた。

よくよく目を凝らせば、それは丸まって眠る白雉猫だった。

「……桃太郎?」

とっさに、その名が口をついて出た。

「はい？　猫山桃太郎さま？」

「は、いいえ」

「猫神さまのお名前は、猫の手屋の猫山桃太郎さまとおっしゃるのでございますね。お強そうでございますね」

「いえ、それがしは宗太郎で、桃太郎は膝の上の白雉猫で」

「あら、この子？　そうなんです、この子の名前にも桃が付きますの。桃助（ももすけ）ですの」

「桃助？」

「ええ、きれいな桃色の肉球をしていますので」

御母堂が桃太郎の喉のあたりを撫でてやると、紫縮緬の首輪に付いた鈴が涼しげな音を奏でた。

間違いない、あやつはお登勢どののところの桃太郎である。先ほど、なまこ塀を乗り越えて屋敷内に入って行ったと思ったら、こんなところにいた。

ということは、こちらの大奥さまが浮気相手なのであろうか？

「桃太……、いや、桃助」

「ニャーア」

「下りなさい、大奥さまのお足に負担になるであろう」

「ニャーア」

桃太郎が耳を後ろに向けて、丸まり直した。

聞こえないフリか！

「猫の手屋の桃太郎さま、桃助はここにいてくれて構いませんですのよ。わたくし、猫が大好きなのでございます」

宗太郎です。と、正したいところだが、母に口応えするようではばかられた。

鬢（びん）に交じる白いものからして、御母堂の方が宗太郎の母よりもやや年かさのように見える。また、母は小柄で細身だが、御母堂はふくよかな身体つきをしていた。こういう顔立ちをどこかで見たことがあるような、と考えて、王朝絵巻でよく見る瓜実顔（うりざねがお）だと思い出した。

決して、母に見目が似ているわけではない。それなのに面影を追ってしまうのは、旗本の拝領屋敷という場所がら里心がついてしまったのかもしれない。

「大奥さま。桃太……、いえ、桃助は、お屋敷の飼い猫なのでございますか？」

おのずと、言葉使いも丁寧になった。

「いいえ、この浜町界隈のお屋敷で飼われている猫のようでございます。いつも昼前にやって来て、西の空が茜色になるころに本宅へ帰って行きますの」

「本宅？」

「猫は浮気な性分ですから、ここは別宅なのでございましょう。この鈴と紫縮緬の首輪を見ても、わたくしには覚えのないものですので、本宅の飼い主さまに結んでもらったのでございましょうね」

まさしく、そのとおり。

「大奥さまは、お屋敷で猫を飼われてはおられないのですか?」

「わたくしの不徳の致すところで、息子と猫の相性が合わないのでございます」

「そうですか、ご子息も猫が苦手なのですか」

「息子、も?」

「は、いいえ、言葉のあやです」

言えない、それがしも猫が苦手であったなどと。今は苦手なことはないのだから、余計なことを口にした。

「猫の手屋の桃太郎さま、殿は決して猫が苦手なことはないのです。むしろ、お小さいころから触れ合いたくてならないようではございましたが、猫に近づくとくしゃみが止まらなくなってしまうお身体なのでございます」

「ほほう、くしゃみが」

「まことにお労(いたわ)しいことでございます。もし、この場に殿がおりましたら、くさめ、くさめ、と大騒ぎになりましょう」

「それは難儀でございますな」

宗太郎が猫を苦手としていたのは満ち欠けする瞳や、蛸のように、鰻のようにくねくねする身体が薄気味悪かったからだ。幸いにも、近寄ったからと言って、くしゃみが止まらなくなるようなことはなかった。

「亡き大殿も、よく野良猫をかわいがっておりました。大きなお手で、猫の顔をわしゃわしゃと撫でるお姿が思い出されます」

勝信の声が、心なしか湿ったものになった。

それを励ますように、御母堂が話を引き取る。

「佐原の家の者は、代々猫好きなのでございましょう。市井の噂で、猫の手を貸してくださるありがたい猫神さまが三光稲荷にいらっしゃると聞いて、ひと目お会いしたいと切に願っておりました」

なんと答えてよいのやら、宗太郎は返事の代わりにしっぽをあやふやに動かした。

佐原家の人々が並々ならぬ猫好きなのは、よく伝わってきた。そうした者たちからすれば、宗太郎の奇妙奇天烈な白猫姿はありがたい後光が差して見えるのだろう。

御母堂の膝の上を見やると、桃太郎はのん気に大あくびをしていた。いっそ本当に猫になれたなら、どんなにか気楽でいいだろう。

「大奥さま。猫の手屋の桃太郎さまに、例のことをお願い申しあげてはいかがでございますか？」

「そうですね、こうした縁はそうそうありませんものね」

御母堂が勝信にうなずき返してから、宗太郎に向き直った。

「猫の手屋の桃太郎さま」

宗太郎です。と、心の中だけで言い直して、宗太郎は姿勢を正した。

「その猫の手を、わたくしにもお貸しいただけませんでしょうか？」

「それがしの猫の手に負えることでございましたら、なんなりと」

御母堂の足を治すことや、ご子息のくしゃみを止めることはでき兼ねるが……。

宗太郎のこのしゃちほこばった気組みが伝わったのか、御母堂が目尻を下げる。

「この子の、桃助の飼い主さまを見つけていただきたいのです」

「は？　桃太……、いえ、桃助の？」

「はい。このように行儀のいい子ですから、きっと大名屋敷で大層大切に飼われているのではないかと思うのです」

思っていたのと少々違う頼まれごとに、宗太郎は拍子抜けした。

「昼の間、愛猫がどこに行ってしまったかとご心配されているのではないか、ご立腹されているのではないか、飼い主さまのお気持ちを慮（おもんぱか）ると気が気ではないのです」

御母堂は鷹揚（おうよう）に話しながら、手はずっと桃太郎の喉や背中を撫で続けていた。

「飼い主……でございますか」

どうしたものか、いくつか齟齬（そご）があるようだ。

まず、桃太郎は大切に飼われていることには相違ないが、武家地ではなく町人地の九尺二間で勝手気ままに暮らしているのが真相だ。

さらに、飼い主であるお登勢は桃太郎の振る舞いを別段心配はしていない。腹を立ててもいない。ちゃっかりしているのが猫であるとわかった上で、親切にしてくれている人にはお礼を述べたいと言っていた。

そのために、宗太郎はこうして桃太郎の一日を探ることになったのだ。

「大奥さま。桃太……、いえ、桃助の飼い主をさがして、いかがなさるおつもりでございますか？」

「仮初（かりそめ）の温（ぬく）もりを拝借しているお礼を申しあげて、昼間は当家でねんごろにお預かりしていることをお伝えいたしたく思います」

「お礼……でございますか」

親切へのお礼を伝えたくて、猫の手を借りたいお登勢。

温もりへのお礼を伝えたくて、猫の手を借りたい御母堂。

双方、訴えていることは同じに聞こえた。

「桃助が初めてやって来ましたのは、梅雨明け間近の雨上がりの日のことでした。以来、あのあたりのなまこ塀を越えて遊びに来てくれるようになったのです」

「帰りも、なまこ塀を越えてぴゅっと出て行くものでございますからね、なかなか跡を追うことができず、手をこまねいていた次第でございまして」

「さもありなん、猫は忍びの者ですからな」

「忍び？」

御母堂と勝信が声をそろえたので、宗太郎は咳払いをして庭を見た。

その顔を座敷に戻して桃太郎を見据えると、

「ニャーア」

何か言われているようだが、何を言っているのかは謎である。

桃太郎の飼い主が長谷川町の市松長屋に暮らす女髪結いであることを、今ここで御母堂に告げてもいいものか、否か。

佐原家では桃太郎を大名家の猫だと信じきっているだけに、その落差はあまりにも激しいだろう。お登勢にしてみても、浮気相手が旗本の御母堂だと知ったら腰を抜かすかもしれない。

「少し、時をいただいてもよろしいでしょうか？」

「まぁ、では、お引き受けくださいますのですね」

「それがしは猫の手屋、この〝猫の手〟を貸すのが生業ですので」

「ご立派な生業ですこと、誰にでもできるものではございませんわ」

そんなことはない。誰にでもできるものだが、誰も好き好んで『お節介も善行のうち』を生業にしようとしないだけである。

宗太郎は、また桃太郎を見やった。

そのときのこと、桃太郎の耳がにわかにピンと立った。


「ぬ、どうした?」

桃太郎の耳は、廊下に向けられていた。

宗太郎も真似(まね)して猫の耳をそばだててみたところ、

「母上、桃助の昼餉(ひるげ)に猫まんまを作ってまいりました!」

と、いかにもはつらつとした足音と声がして、直後、紅顔の若侍がひょっくりと座敷に姿を現した。

「待たせたな、桃助! 鰹節(かつおぶし)ばかりでは飽きてしまうと思ったので、今日は奮発して鮪節(まぐろぶし)を削って……って、うわっ!」

この『うわっ!』は言うまでもなく、座敷の端っこに奇妙奇天烈な白猫姿の客人が座っていることに気づいて発した悲鳴である。

若侍が長い手足をアメンボウのように大仰に動かすものだから、手にした椀から鮪節がぱらぱらとこぼれ落ちていた。もったいない。

「あなたさまは猫神の猫先生ではありませんか！　猫先生ですよね！」

「それがしは猫神でも、猫先生でもなく」

「わぁ、それそれ！　猫先生の『それがしは……』っていう口上を聞くと、七十五日長生きできるんですよね！」

「なんと、これは口上でもありませんぞ」

そもそも、七十五日長生きできるのは初物を食べたときであろう。

「これ、久馬。猫の手屋の桃太郎さまに無礼でありましょう」

御母堂にたしなめられても臆することなく、若侍が訊いてくる。

「桃太郎さま？　猫先生のお名前ですか？」

桃太郎はそこな猫の名前で、それがしは宗太郎です。

と、宗太郎が心のうちで言い置くより先に、

「久馬さま。こちらにいらっしゃいますのが、音に聞こえたあの猫神さまで、猫の手屋の猫山桃太郎さまにございますすよ」

と、勝信がそこここに間違いのある紹介をしてくれた。

「知っているとも、長谷川町は三光稲荷の猫神さまであろう。人に化ける修行中の猫で、

町の人々から親しみをこめて猫先生と呼ばれているのだ」

それもまた間違っているのだが、もうどこから突っこんでいいのやら。

「お忘れですか、母上、最初に猫先生のことをお教えしたのはわたしですよ？　市井にはこんなにもありがたい猫神さまがいることを、あのときは信じてくださらなかったではありませんか」

「いえ、久馬さま。大奥さまは涼しいお顔をして聞いておりましたが、あの日から、猫神さまにお会いしたいと、それはもう耳にタコができるほど繰り返しておりまして」

「勝信、余計なことは言わないでよろしい」

御母堂が畳を叩いたので、宗太郎はびっくりしてしっぽを太くした。

「久馬は市井にかぶれすぎです。あなたは町人ではないのです、武士なのですよ」

「今日び、市井に暮らす武士はいくらでもいます」

「そのようなことですから、礼儀を欠くのです。減らず口を叩く前に、まずはお客人である猫の手屋の桃太郎さまに名乗ることが先でしょう」

「ああ、そうでしたね」

失礼しました、と素直に非礼を詫びると、若侍はアメンボウの手足を窮屈そうに折りたたんで座りこんだ。御母堂と違って痩せぎすで、目が細く、顎がとがった面長の顔立ちをしているが、大仏を思わせる耳の形は母子で同じだった。

「お初にお目にかかります。わたしはご覧のとおりの貧乏旗本の三男坊、佐原久馬と申します。以後、お見知りおきを」

「貧乏……」

あっけらかんと言われて、宗太郎は絶句した。

「久馬、ふざけるのもいい加減になさい」

「母上、言い繕っても仕方ありません。うちが貧乏なことぐらい、猫先生だって屋敷をご覧になってもうおわかりでしょう。勘定吟味役まで出世した父上がご健在のときならいざ知らず、今はまだ幾馬兄上はたかだか百五十俵高の勘定なのですから、内証は火の車です。加えて、わたしのような部屋住みを抱えておられれば、そりゃ大変です」

　武家社会で家督を継げるのは惣領息子である長男だけなのだが、その長男に万が一のことがあったときのために、次男、三男を家に留めておく習わしがあった。

　それが部屋住みだ。部屋住みはお役には就けず、ただ屋敷にいるだけなので稼ぎがあるわけでもない。一生を惣領に養ってもらうので、〝冷や飯食い〟などと呼ばれることもある。

「案じずとも、数馬のように、あなたにも然るべき養子先をさがして差しあげます」

「数馬兄上の養子縁組で、父上の残してくれた財のほとんどを使いきってしまったのでしょう？　わたしには、そのような無駄な出費をしていただかなくても結構です」

財力に余裕のある家だと、部屋住みにも一人前の暮らしをさせてやるために、御家人株を買うなどして他家に養子に出すことがあった。また逆に財力に乏しい家も、養子先からの援助を目当てに、次男、三男を手放すことがあった。

地獄の沙汰もなんとやらではないが、要するに、部屋住みの沙汰は良くも悪くも金子次第というわけだ。

「わたしは佐原の家を出て絵師になります。独り立ちしますので、母上こそご案じなさいますな」

「絵師?」

と、ここまでまったく口を挟めなかった宗太郎がようやく会話に入った。

「久馬どの、それは奥絵師ということですか?」

「いえ、町絵師です。国芳先生の弟子になるのが夢です」

「国芳……、歌川国芳どのですか?」

「はい。猫先生のお姿は、国芳先生の描いた錦絵から抜け出たようですね」

よく言われる。

歌川国芳は、言わずと知れた当代きっての人気絵師だ。めっぽう猫好きで知られていて、長谷川町の長屋で何匹もの猫にまみれて暮らしている。

そんな国芳だからこそ描けるのが、猫を人に見立てた絵組の数々だ。町の人々が奇妙奇天烈な白猫姿の宗太郎をあっさり受け入れているのは、こうした絵組を誰もが一度は目にしたことがあるからなのだろう。

「猫先生は、長生きして人に化けたいんですよね？　でも、国芳先生は、長生きして猫先生のような猫に化けたいそうですよ」

「それがしは人に化けたいわけではなく、人ですぞ」

「わたしは、長生きして国芳先生みたいな人気絵師になりたいです」

まっすぐに目を見て語る久馬を、宗太郎はまぶしいと思った。向こう見ずなところが玉に瑕（きず）だが、それも若さゆえの危うさと言っていい。

「久馬、まだ歌川国芳のところに出入りしているのですか？　あの絵師がご改革の御世（みよ）に逆らって何度も町奉行所に呼びつけられていることは、あなたも知っているでしょう？　ご公儀から目を付けられている危険人物なのですよ」

御母堂は、息子のこの若さゆえの危うさに懸念を抱いているようだった。

宗太郎は、そっと久馬の顔色をうかがった。

『ご改革の御世』とは、時の老中（ろうじゅう）が推し進めている綱紀粛正、奢侈（しゃし）禁止の世の中のことだ。風紀が乱れるとして、公儀は近年、町人から娯楽をことごとく取り上げつつあった。芝居、寄席（よせ）、富くじ、初物、人情本、役者絵、美人絵など、江戸っ子を夢中にさせるものが次々取り締まりの対象となっている。

国芳は目に見えて窮屈になっていく世の中を皮肉る錦絵を出しては、たびたび町奉行の吟味を受けていた。ときには過料の支払いを命じられることもあると聞くが、懲りない。屁の河童なのである。

「国芳先生は、町の人々の声を筆にのせているだけです。母上は、今の町触れの数々がすべて正しいとお思いですか？」

「もちろんです。ご公儀が決めたことに、間違いはありません」

「そうですね、母上はそう思っていらっしゃるから、屋敷への女髪結いの出入りも禁止なさったのですものね」

今度は、宗太郎は御母堂の顔色をうかがった。

一連の町触れで、実は女髪結いも取り締まりを受けていた。結う方も、結われる方も罪になった。

「婦女が髪を他人に結わせるのが贅沢かどうかはさておき、女髪結いはいい稼ぎになるそうですので、妻に働かせてふらふらしている夫を粛清するためには、益のある町触れと言えましょう」

「髪結いの亭主、ですか。ですけれども、中には、女手ひとつで子を養っている者もいるんです。婦女が稼げる仕事は、そう多くはありません。わたしは一生懸命働いている女髪結いを庇護こそすれ、取り締まるのはおかしいと思います」

　宗太郎は、また御母堂をうかがった。

　御母堂はわずかにくちびるを噛んだだけで、言い返さなかった。

「母上だって女髪結いから聞く顔の肌色を白くする話や、シワを消す話などを、むかしはいつも楽しみにしていたではありませんか」

　腕のいい女髪結いは、町人地だけでなく武家屋敷にも出入りをしていた。『武家の女たるもの自分で髪も結えないのは恥ずかしい』、『町人を出入りさせているのははしたない』などと言って女髪結いを寄せ付けない屋敷もあるが、本音では婦女が美を求める気持ちに町人も武家もないのだろう。

「猫先生は、どう思われますか？」

「ぬ、それがしですか？」

　御母堂と久馬の顔色を交互にうかがうことしかできないでいた宗太郎だったが、ここでやにわに話を振られてしまった。

「猫先生も武士なのに市井で暮らしていらっしゃいますよね。武士が町の人々と同じ目線になることは、恥ずかしいことなのでしょうか？」

　久馬どのが、おのれを武士と認めてくれたことがうれしかった。

　だが、今はそういうことを言っている場合ではなさそうだ。話の雲行きが怪しくなり、座敷にギスギスした気配が漂っていた。

真面目な宗太郎は我がことに置き換えてしっかりと考えてから、口を開いた。

「それがしも、久馬どのと同じ旗本です。ですが、今は話せば長い事情があって、裏店暮らしの猫の手屋宗太郎を名乗っています。親不孝を情けなく、また申し訳なく思うことはありますが、これももののふのけじめを付けるため、恥ずかしいと思ったことは一度もありませんな」

宗太郎は『親不孝』と言ったところで、ちらりと御母堂を見た。面を伏せていたので、その表情まではわからなかったが、膝の上の桃太郎を撫でる手が止まっていた。

「久馬どのも、もののふの志があるならば、どこで何をしていようとも胸を張っていただきたい」

宗太郎のもののふのけじめとは、百の善行を積むことである。

啖呵を切るように言い放つと、

「猫先生、ご立派です」

と、久馬が感極まったように声を震わせた。

「物の怪のけじめとは、さすがは化け猫の中の化け猫です！」

「もののふのけじめ、なのだが」

誰が物の怪か、誰が化け猫か。

一気にやる気が失せて、宗太郎はため息とともに長くひんなりしたしっぽで畳を叩くのだった。

三

その夜、宗太郎はなかなか寝つけず、三光稲荷に来ていた。

東の空に弓張月（ゆみはりづき）が浮かぶ晩だったが、厚い雲がかかっているせいで月明かりはさして境内に届いていなかった。

昼間の一件が気になってならない。

お登勢から桃太郎の一日を探ってほしいと頼まれ、あっさり浮気相手までたどり着くことはできたものの、そこは思ってもみないことに旗本屋敷で、その佐原家からも桃助の飼い主をさがしてほしいと頼まれてしまった。

「桃太郎、桃助……」

分身の術により、あやつは一体いくつの名前を持っているのか。

佐原家の御母堂と久馬の間にギスギスした気配が漂うと、桃太郎はふたりの膝の上に順繰りによじのぼり、

『ニャーア』

と、赤ん坊のような声でひたすら甘えるという禁じ手に出た。この忍法色仕掛け、い

や、にゃん法色仕掛けによって佐原家の人々はたちまち骨抜きになり、その後は目立った言い合いもなく、にぎやかなひと時を過ごすことになった。

「やはり猫は忍びの者、猫好きを操るにゃん法を心得ている」

そら恐ろしい。

そして、空が茜色に染まるころ、桃太郎は佐原家の拝領屋敷を出て何食わぬ顔で長谷川町へと帰って行った。

げに恐ろしい。

「猫には甘いが、大奥さまは厳格な武家の婦女であられるようであったな」

桃太郎が町人の猫、それも、町触れに屈することのない女髪結いの猫だと知ったら、はしたないと思うであろうか？

「そういえば、久馬どのは桃太郎を抱いてもくしゃみをしていなかったな」

猫が苦手なのは、殿と呼ばれている勘定所の役人の長男だけなのかもしれない。

久馬はまだ十七、八歳といったところだろうが、御母堂が市井にかぶれていると言うだけあって、町の人々の暮らしぶりをよく見ていると宗太郎は思った。

宗太郎がその年齢のころは剣術にかまけているだけで、町の人々の暮らしぶりはおろか、おのれの暮らしにすらなんの疑問も抱いてなかった。

「ご改革の御世……か」

改革を推し進めているのは時の老中だが、それらを八百八町へ布告するのは、町方を管轄する要職に就いていた宗太郎の父の役目だった。父は厳しすぎる町触れには慎重な態度を取っていたためか、先ごろ、とうとう罷免（ひめん）されて閑職に退いていた。

宗太郎は当初、父が布告した町触れの数々を善政だと思っていた。暮らしの乱れは心の乱れから来るものだと信じて疑わなかったので、父がなぜ公儀に盾突いてまで改革に二の足を踏むのかわからなかった。

「あのころ、父上はそれがしを薄っぺらくお思いになっていたのであろうな」

今もまだ、ぺらっぺらである。惣領息子でありながら家を出て、奇妙奇天烈な白猫姿に身をやつしている愚息を、父上はさぞ嘆いておられるであろう。

久馬には『胸を張っていただきたい』などと啖呵を切るように言い放ったものの、宗太郎の胸はどうかすると張り裂けそうだった。

「ぺら太郎よ」

「なぬ？」

「ぺらぺら太郎よ」

「その声は、黒猫か？」

高いところから声がするので宗太郎が顔を上向かせると、鳥居の上で金色の目がこちらを見下ろしていた。

「黒猫。そこもと、またそんな罰当たりなところにいおって」

夜空よりも闇色の毛皮を着こんだ黒猫が、ニヤニヤと笑っていた。この黒猫は、いつ見ても一端（いっぱし）の人のような顔で笑っている。

「今夜も、境内は足の踏み場もないのでな」

そう言われて、宗太郎は境内を改めて見回したものの、どこにも千代紙一家の猫たちの姿はなかった。動くものといえば、夜風にはためく稲荷の幟（のぼり）くらいなものだ。

「猫たちは結界の中か？　猫の祭りをしているのか？」

「ふむ、うたって踊る猫どもでいっぱいよ」

宗太郎はもう一度ゆっくりとぐるりを見回し、三つ鱗の形の耳をそばだてた。

頭に手拭いをのせて踊る二本脚の猫たちが、飲んで、うたって、ひたすら踊るのが猫の祭りだ。この祭りは、人には見えない。聞こえない。三光稲荷の境内であって境内ではない、結界のどこかで催されている。

限りなく猫に近い姿をしていても、宗太郎は間違いなく人なので、この猫の祭りをのぞくことはできなかった。いくら耳をそばだててみても、音曲（おんぎょく）どころか猫の鳴き声ひとつ聞こえない。

「ぺらぺらぺら太郎よ」

「ぺら、が増えている」

「お前さんが自分でつぶやいていたのであろうよ、薄っぺらだと」

「む、それはそれ。それがしはぺら太郎でも、ぺらぺら太郎でも、ぺらぺらぺら太郎でもない」

「わしも黒猫ではないぞえ」

「おう、そうであったな。そこもとは、白闇（しろあん）という名であったな」

黒猫こと白闇は、長生きの末にしっぽが二股に裂けた猫股（ねこまた）だ。

いわゆる、妖怪である。普段はしっぽをひとつにまとめて並の猫のフリをしているが、ときどき、これ見よがしに二股に裂けた本性をあらわす。

また、猫股は人語を操る。人である宗太郎は並の猫とは会話ができないが、白闇とだけはこうして世間話ができた。それが仇（あだ）となった。

かれこれ一年前のこと、飲めない酒を過ごして前後不覚に陥った宗太郎を業の深い身の上に突き落とした張本人、いや、張本猫が、この猫股の妖怪なのである。

「白闇、と呼んだ方がよいか？」

「好きに呼ぶがよい」

「では、白闇と呼ぶことにしよう」

名は体を表す。名を間違われるたび、宗太郎なぞは胃の腑（ふ）がキリキリする。

「それで、白闇、それがしに何用か？」

「用なぞないわい。お前さんが、わしに用があるのではないかえ?」

「それがしが?」

「お前さんが夜更けに三光稲荷にやって来るときは、大方、なんぞつまらなきことに迷っているときであろう」

鋭い。さすがは長生きをした猫だけはある。ニヤニヤ笑って、またたびを吞んでいるだけではないようだ。

宗太郎は観念して、話し出した。

「白闇は、白雉猫の桃太郎を知っているか?」

「女髪結いのところのかえ?」

「おう、いかにも」

宗太郎がうなずくと、白闇は金色の目で境内を見回して言った。

「今夜も、下手ながら踊っておるわい」

「桃太郎も猫の祭りに出ているのか。もう二本脚で立てているのか?」

「ようやっと立てるようになったところよ。歩けるようになるまでは、まだまだ先は長いわい」

「そうか、日々精進しているのであるな」

猫たちは世話になった飼い主に恩返しするために、頭に手拭いをのせてひたすら踊り、いつか人になることを夢見ているという。

桃太郎はお登勢母子のために踊っているのか、それとも、佐原家の人々のために踊っているのか……。

「白闇よ、実はな」

宗太郎はひょんなことから双方に猫の手を貸すことになった桃太郎の一件について、白闇に相談してみることにした。

いつだったか、白闇から『猫の手屋、よきことかな』と褒められたことがある。

今思うと、人語を操る猫股の口車にまんまと乗せられただけのような気がしないでもないが、それでも宗太郎が猫の手屋としての覚悟を決めるきっかけになった言葉であることには違いない。

「かくかくしかじかで、綱引きをしているような両家について、どう猫の手を貸そうかと考えあぐねている。桃太郎の思惑もあるであろうから、猫の言葉がわかる白闇から詳しく訊いてもらえまいか?」

「猫の手屋が、猫の手を借りるか」

「ただとは言わん」

宗太郎が懐から煮干しを取り出そうとすると、白闇が笑みを一層深めた。

「煮干しはいらん、別のものをもらおう」

「別のもの？」

「たとえば、お前さんの命」

「命⁉」

「の次に貴重な、お前さんがこれまで積んできた善行から七つを差し引くとしよう」

「そんなことか、命ではないのなら好きに……。いや、待て！　善行を七つも⁉」

「ぺら太郎と違って、わしの猫の手は高いぞえ」

くっくっ、と笑いながら、白闇は鳥居から飛び下りて一瞬で姿を消してしまった。

「消えた？　どこへ？」

猫の祭りが催されている結界の中に入って行ったのかもしれない。

白闇は神出鬼没で、いつもどこかで宗太郎のことを見張っている。

「善行を七つも差し引くとは、情け容赦のない猫股め。それがしは今、いくつ善行を積めているかがわからないだけに痛いぞ」

何せ、善行を吟味する猫のお白洲（しらす）の猫町奉行がアテにならないときたものだ。猫は、七より大きな数がわからないのである。

猫の手を借りる相手を間違えたかと後悔していると、

「ぺらぺら太郎よ」

と、それほど間を置かずして、また鳥居の上から声がした。

「ぺらぺら太郎ではないが、その声は白闇か？　もう結界の中から戻って来たのか？」

「桃太郎が言うておったわい」

「おおう、なんと？」

「お節介焼き、と」

「なん……と？」

聞き間違えたかと思い、宗太郎は猫の耳を猫の手で力いっぱいかっぽじった。

「今はまだ、お節介は焼かれたくはないそうな。しばらくは、桃太郎の好きにさせてやるとよいわいな」

「詳しく。桃太郎の好きにさせると言うが、何をどうしたいのかを詳しく」

「さらに善行を七つ差し引くがよいかえ？」

「ちょこざいな！」

「くっくっ。どのみち、この一件、ぺらぺら太郎の猫の手には負えんであろうよ」

ぺら、がまた増えている。

「それがしの猫の手に負えないとは、どういう意味か？」

「お前さん、ぼんくらだからのう」

「ぼんくら？」

「ここはひとつ、桃太郎の猫の手がいかほどのものか見せてもらおうではないかえ」

「桃太郎の、猫の手？」

お登勢母子、佐原家の人々に猫の手を貸そうとしているのは、それがしだけではないということであろうか？

白闇が、この話はこれで仕舞いとばかりに目を閉じる。善行を七つも差し引いておいて話を煙に巻くとは、やはり猫股とは信用ならない妖怪である。

「鳥居の上などで、よく眠れる」

うっかり落ちても助けてやらんぞ、と宗太郎は悔しまぎれに毒づいてやった。

その様子を薄目で見下ろしている白闇が、

「寝て起きて大あくびしてなんとやら」

そう詠む声は夜風に消え、宗太郎には届かない。

四

翌日も、その翌日も、桃太郎はへっつい河岸を越えて浜町界隈の武家地までやって来ていた。目当ての旗本屋敷へとたどり着くと、百日紅が見える位置からなまこ塀を越えて中に入り、佐原家の人々にたっぷりとかわいがってもらったのち、夕暮れどきには何食わぬ顔で長谷川町に帰って行く。その繰り返しだ。

桃太郎は、旗本屋敷の柱や畳で爪とぎをするような粗相は決してしない。庭に糞尿を埋めて隠す真似もしない。とにかく、行儀がいい。

『やはり大名家の猫は違いますね、しつけが行き届いているのですね』

それが、佐原家の御母堂の口癖だった。

ところが、市松長屋に帰れば、甘やかされて育った桃太郎はやりたい放題のひどいものだった。お登勢の大事な商売道具が入った風呂敷包みに噛りつき、引きずり回し、中から出てきた櫛を玩具にしてすっ飛ばす。しつけのしの字もあったものではない。

『立派なふぐりがついているんだから、これぐらい元気でいいんだよ』

これが、お登勢の口癖だった。

『でもね、だからこそ心配でね。浮気相手のところでも、こんな調子で迷惑かけているんじゃないだろうね。お礼とあわせて、お詫びもしないといけないかもしれないね』

こうした双方の口癖を聞くだけでも、まずはどこから齟齬を解けばいいのやら、宗太郎は猫の手も脚も出せずにいた。

おまけに、白闇に言われた言葉が心のどこかでシミになって、いつまでも消えることなく残っている。

桃太郎からの言づてで、お節介焼き、と言われた。お比呂にも言われたかもしれない言葉と、同じものだった。

「桃太郎の猫の手は、何をしようとしているのであろう？」

それがしがやるとお節介で、桃太郎がやるとそうではない何かということか？

あれこれ考えながら市松長屋の木戸前にやって来ると、ちょうどお登勢母子が仕事に出かけるところだった。

「あら、おはよう。猫先生」

「猫先生ではありませんが、おはようございます」

「毎日、振り回して悪いですね。ほかにもっと困った人がいれば、そちらに猫の手を貸すようにして、こっちは放っておいてくれたっていいんですからね」

「いや、その」

「まだ浮気相手はわからないんですよね？　まぁ、いいですよ。昨日今日始まったことじゃないですから、気長に待っていますよ」

お登勢も御母堂もそう言ってくれているので、宗太郎はしばらく桃太郎の好きにさせようと思っていた。

「じゃ、あたしたちは出かけてきますね」

「ああ、お登勢どの」

「はい、なんです？」

「その、気をつけて」

「おかしな猫先生だね。どうしたんです、いつものお得意さんをまわるだけですよ？」

「そうですな、いつものお得意さんなら心配はいりませんな」

宗太郎は、お登勢の抱える風呂敷に目をやった。

その視線で、お登勢には合点が行ったようだった。

「ああ……。そうですね、お役人には気をつけるとしましょう」

女髪結いは、捕まれば手鎖や入牢などの厳しい罰が待っている。それでも、多くの女髪結いが生活のために、または自分を待ってくれている客のために、あれやこれやと言い繕っては仕事を続けているのが現実だった。

お登勢母子を見送ってから宗太郎が市松長屋に入って行くと、桃太郎は四畳半の真ん中で香箱を作っていた。

「桃太郎、また来たぞ」

桃太郎はまばたきを返してくれた。

「なぁ、桃太郎。そろそろ教えてくれまいか？　そこもとは、毎日、お登勢どのと大奥さまの間を行き来して、何をしようとしているのだ？」

「ニャーア」

「ふむ。お節介焼き、とでも言っているのか」

「ニャーア」

宗太郎の心にできたシミがじんわりと濃くなるのを感じていると、腰高障子がためらいがちに開く音がした。

「いたいた、猫先生」

「ぬ、お比呂坊?」

お比呂はひとりで走って戻って来たらしく、肩で息をしていた。そのまま、物言いたげな顔で土間に立ち尽くしているので、

「忘れ物か? どれ、探すのを手伝おう」

と、宗太郎が腰を浮かせて声をかけると、おちゃっぴい娘はぎこちなく首を振って上がり框(がまち)に腰かけた。

「あのね、猫先生」

「猫先生ではないが、なんぞ?」

「桃太郎のことなんだけど……」

お比呂がうかがうように、宗太郎の金色の目を見る。

「……猫先生は桃太郎が昼間どこにいるか、もう知っているんでしょう?」

「うぬぬ」

思わず目をそらしたが、これでは『知っている』と言っているようなものだろう。

「どうして、おっ母さんに言わないの?」

「どうしても、こうしても」

宗太郎は桃太郎の毛皮に埋もれるノミに気づいたフリをして、せっせと手を動かし出した。下手な小芝居である。

「お旗本の、佐原さまのこと」

お比呂の口から出たその名に、宗太郎の肩が跳ね上がった。

「なぜ、その名を？　お比呂坊は、佐原家の人々のことを知っているのか？」

「佐原さまのお屋敷には、町触れが出る前に何度か呼ばれたことがあるの」

「なんと……、双方にはそういう縁があったのか」

桃太郎は、その縁を踏まえて佐原家で浮気をしているのであろうか？

「そういえば、久馬どのが屋敷に出入りしていた女髪結いがいたようなことを言っていたな。あれは、お登勢どののことであったのだな」

今度は、お比呂の肩が跳ねた。

「ああ、久馬どのというのは、佐原家三男坊のアメンボウのことで」

「知っているわ」

「おおう、そうか」

「っていうか、アメンボウって！　やだもう！　猫先生がおもしろいこと言うから、そういう風にしか見えなくなっちゃう」

強張(こわば)った表情だったお比呂が、ようやくいつもの笑顔になった。おちゃっぴい娘は、多少うるさくとも笑顔が似合う。

「猫先生、おっ母さんに黙っていてくれてありがとう」

「いや、その、黙っていたというわけではないのだが」

「おっ母さんがお節介を言い出したときはどうなることかと思ったけど、猫先生ならきっと味方になってくれるって信じていたわ」

「味方？」

「いずれ、あたしたちから話すから。もう少しだけ、見守っていてほしいの」

「う、うむ、そうか」

はて、味方とはなんのことであろう？

お比呂の言う『あたしたち』とは誰のことかと、宗太郎が小首をひねる間にも、お比呂は立ち上がっていた。

「いっけない！　急いで戻らないと、おっ母さんに怒られちゃう！　猫先生、それじゃ、行ってきます」

「う、うむ、気をつけて」

「それから、桃太郎、今日もいつものアレをよろしくね」

「ニャーア」

はて、『いつものアレ』とは?

いろいろと確かめたいことはあったものの、

「今日は風が強いから、せっかく結い直した髪が砂ぼこりで汚れていやね」

と、お比呂は言いたいことだけ言うと、すっきりとした顔で勢いよく土間を出て行ってしまった。

遠のく下駄(げた)の音から長屋の喧騒(けんそう)まで、しばし聞き入っていた宗太郎だったが、ふと我に返って桃太郎に訊く。

「桃太郎、そこもとはその猫の手で何をしようとしているのだ?」

「ニャーア」

「白を切るな。お比呂坊と猫の手を組んでいるのは、もう明白であるぞ」

まぁ、しかし、本物の猫に猫の手屋のお株を奪われるのなら、

「それもまた致し方なし、か」

そんな風に思う宗太郎だった。


この日は昼過ぎから別件で鼠(ねずみ)退治の依頼が入っていたので、宗太郎は桃太郎が佐原家の拝領屋敷に入るのを見届けたら、御母堂たちには会わずに長谷川町へとんぼ返りす

るつもりだった。

　お登勢母子とはいとこやはとこぐらいの気安さで行き来できても、武家である佐原家の人々とは節度を守った付き合いが必要であろうという気遣いもあった。

　ところが、顔を合わせないように気を配ったにもかかわらず、なまこ塀の前で東から吹く強い風に打たれているアメンボウに出くわしてしまった。

「あー、来た、来た！　おはようございます、猫先生！」

「それがしは猫先生ではないが、おはようございます。この風の中、久馬どのは何をしておられるのか？」

「御覧のとおり、待っていたんですよ」

「それがしのことを？」

「はい。いえ、正直に言いますと、桃助のことを」

「桃太……、いや、桃助のことを？」

「ニャーア」

　どうやら、話の主役は桃太郎らしい。

「ああ、でも、ついでに猫先生のことも待っていましたよ。そのありがたいお姿、一日一回は拝んでおきたいですものね」

　そこはかとなく無礼ではあるが、それもまた久馬の憎めないところだった。

「猫先生、わたしたちのこと見守ってくださってありがとうございます」

「わたしたち……？」

先ほど、お比呂もそんなことを言っていた。

宗太郎はお比呂と桃太郎のことかと思ったのだが、久馬と桃太郎のことでもあるのかもしれない？

お比呂は、桃太郎が昼間どこにいるのかを知っていた。同じように、久馬も桃太郎がどこから来ているのかを知っていてもおかしくない。

「久馬どのは、桃助が桃太郎という名で、女髪結いのお登勢のところの猫であることを知っているのではないですかな？」

「それは……」

もっと言い淀むのかと思いきや、久馬は素直に打ち明けてくれた。

「はい。猫先生が母上に伏せてくれているおかげで、今までどおりでいられます」

「それがしは猫先生ではないが、そこもとが大奥さまに言えない気持ちもわかる」

桃太郎は大名家の猫ではない。たったそれだけのことを言えずにいるのは、宗太郎も同じなのだ。

「えっ！」

「ぬ？」

「猫先生、わたしの気持ちがわかるんですか⁉」

「いや、わかると言いきってしまうのはおこがましいか」

すると、久馬がたちまち脂下がった顔になった。

「そういうことですか？　猫先生にも、そういうお相手がいるんですか？」

「そういうお相手？」

「ああ、ゆっくり聞かせてもらいたいのに、実は、わたし、これから父上のご友人であった算術師範のところへ出かけなければならないんです。お役目に役立つような指南を受けられるようにって、母上が勝手に手を回したそうでして」

「ほう、いいご縁になるといいですな」

「いい迷惑です。わたしは勘定所の役人にはなりません。絵師になるのに、算術なんて必要ないでしょう」

当人はそのつもりでも、御母堂は久馬を勘定筋の家に養子に出したいのだろう。

「母上は、世間の目を気にしているだけです。一族から、市井に身を投じた者を出したくないんでしょう」

宗太郎も世間の目を気にして実家の拝領屋敷を出た身なので、御母堂の胸の内がわからなくもなかった。なんて言うと、これもまたおこがましいか。

「所詮、わたしは貧乏旗本の三男坊、それでいいんです。ですからね、算術師範のところへ行くことは行きますが、その場で今後のことを断って参ります」

「威勢がいいですな。もう、決めたことなのですかな？」

「はい、胸を張って」

宗太郎は久馬の迷いのない目を見て、うなずいた。

「そこもとが決めたことであれば、それがしは何も言いますまい」

「そう言ってもらえると心強いです。やっぱり、猫先生はわたしたちの味方ですね」

「味方？」

それも、お比呂が口にしていた言葉だった。

「久馬どの、味方とは……」

「あっ、目に砂が！」

久馬が急に顔をごしごしとこすり出したので、話が途中になってしまった。

そうかと思ったら、足もとに行儀よく座りこんでいた桃太郎をひょいと抱き上げて、

「桃助、おはよう」

「ニャーア」

「いつもご苦労さん、恩に着るよ」

と、紫縮緬の首輪を指で探るような動きをし出した。

宗太郎がじっと見つめていると、ちょうど鈴の横あたりから、顎と胸の毛にはさまれ

て見えなかった結び文のようなものが出てくる。

「ぬ、それは？」

鈴にばかり目が行って、宗太郎はこれまでその存在にまったく気づかなかった。

「母上に、いつものコレを先に見つけられたら面倒なので、それでここで桃助を待っていたんです」

「いつものコレ？」

お比呂坊も『いつものアレ』と言っていた。アレとはコレのことであるとするならば、つまりソレは、はて、どういうことであろうか？

宗太郎はアレコレと考えをめぐらせながら結び文のようなものをうかがったが、久馬はソレをそそくさと小袖の袂（たもと）にしまい入れてしまった。

「桃助。昼過ぎにはわたしも屋敷へ戻ってくるから、コレの返事はそのときに頼むよ」

「ニャーア」

承知、と桃太郎は言っているようだった。

「久馬どの、コレの返事とは……」

それはあまりにも野暮な問いかけだったが、残念なことに、宗太郎はどこが野暮なのかにすら気づいていなかった。

「……誰から届いて、誰に返すためのものでありますかな？」

なぜなら、猫先生はぼんくらだからである。

久馬は耳をほんのり赤らめただけで、はっきりと答えようとはしなかった。


昼下がりの鼠退治の間も、宗太郎は桃太郎の首輪に括りつけられていた結び文についてずっと考えていた。どう答えをこねくり回してみても、お比呂が言うアレが、久馬の言うコレであることは間違いない気がした。

「そうだとするならば、お比呂坊と久馬どのは、忍びの者の桃太郎を間者にして文のやり取りをしていることになる」

人目につかないように、ひっそりと。

しかし、ふたりがどうしてそんなことをしているのか、ぼんくらだけに宗太郎にはわかりようがなかった。

夕方になると、東から吹く風はますます強くなりつつあった。空を見上げれば、鈍色(にびいろ)の雲がものすごい速さで流れていた。

野分(のわき)が来るのかもしれない。松葉に似たひげが重く感じられるので、雨を降らす雲はもうすぐそこまで来ているようだ。

「桃太郎は、まだ佐原家の拝領屋敷にいるのであろうか」

鼠退治を終えたその足で、宗太郎は浜町界隈の武家地へと急いだ。

なまこ塀の前まで来たとき、ちょうど中から飛び出して来た桃太郎にばったりと行き当たった。

「おう、桃太郎。今帰りか？」

「ニャーア」

「今にも雨が降りそうであるぞ、一刻も早く長谷川町に戻ろう」

「ニャーア」

そうしよう、と言ったかどうかはわからないが、桃太郎は宗太郎の言葉をちゃんと理解したようで、脇目も振らずに長谷川町へと駆け出して行った。その姿を追いかけて、宗太郎も小走りになった。

三光新道まで帰って来ると、空模様をうかがって少し早めに仕事を終えたらしいお登勢母子とかち合った。

「あら、猫先生、今日も一日ご苦労さま」

「お登勢どの、それがしは猫先生ではなく」

と、宗太郎が律儀に言い直すのも聞かずに、お登勢が腰を屈(かが)めて足もとの桃太郎の頭を撫で出す。

「ただいま、桃太郎」

「ニャーア」

さしずめ、お帰りなさい、と言ったところか。

お登勢の後ろから、お比呂も身を乗り出して来る。

「桃太郎、今日も一日、いい子にしていて？」

「ニャーア」

いい子にしていたよ、と言ったかどうかはさておき、おちゃっぴい娘が桃太郎をひょいと抱き上げた。思えば、いつもお比呂は真っ先に桃太郎を胸に抱く。

宗太郎が金色の目でじっと見ているとも知らず、お比呂はなんとなくお登勢に背中を向けるようにして立ち、紫縮緬の首輪を指で探り始めた。

そして、何かをさっと手早く取り出した。

「それは……！」

宗太郎がつい目を見開いてしまっていると視線がぶつかり、おちゃっぴい娘ははにかんだ笑顔を浮かべた。

間違いなく、結び文だった。今のソレが、いつものアレコレの返事ということになるのであろうか？

宗太郎はまたも野暮な問いかけをするところだったが、お登勢の前なのでかろうじて声には出さずに、頭の中でこんがらがった糸をほどくごとく考える。

町娘のお比呂坊と旗本の三男坊の久馬どのは、どうして、桃太郎を間者にして文のやり取りなどをしているのであろう?

「そもそも、ふたりは……どういう仲なのであろう?」

五

その晩から江戸市中は横殴りの雨が降り出し、未明には長屋を震わす雷鳴と、昼のように明るい稲光が夜空を走った。

朝を迎えても嵐は一向に収まらず、暴れ牛が方々で体当たりして回っているみたいに、長屋の外からはひねもす激しい風音が聞こえていた。

とんでもない野分である。毎年、立春から数えて二百十日ごろ、野の草を分けて吹く嵐が立て続けにやって来るものだが、この度の野分は一段とすさまじかった。

宵の口には雨がやんでも風が収まらず、青空を拝めたのはさらに翌日のことだった。

野分のあとは、からりと晴れる。どこまでも澄み渡った空が清々しい。

とはいえ、町中はそんなことも言っていられないほどの、ひどいありさまだった。打ち続いた強い風で長屋の木戸口に並ぶ店子の表札が吹き飛ばされ、ところによっては芥(ごみ)溜(ため)や厠が倒壊し、表通りでは商家の庇(ひさし)が崩れ落ちるなどの被害が出ていたからだ。

　幸いにも、三日月長屋は大した痛手を受けることなくやり過ごせたので、明け六つ（午前六時ごろ）から、宗太郎は近隣の表店や裏店に猫の手を貸して回っていた。

　途中で気になって三光稲荷をのぞくと、境内の招き猫がてんでばらばらに散らばってはいたが、千代紙はじめ、太鼓持ちの雉猫の兄弟や、桃太郎によく似た白雉猫など、一家の猫たちはみな無事に嵐を乗り切ったようだった。

「おおう、千代紙。ひどい野分であったな」

「ブニャア」

「また祠堂の中に入ってしのいでいたのか？」

「ブニャア」

　千代紙一家の猫たちは、よく祠堂の中で雨宿りをしている。小さな祠なのに十匹以上は平気で入っているのではないかと見受けられることから、ひょっとすると、ここが猫の祭りをする結界の出入り口なのではないかとも思う。

「なんにせよ、一同息災で何より」

　境内に居並ぶ千代紙一家の姿に、宗太郎は人知れず安堵の吐息をこぼした。

　続けて、市松長屋にも顔を出してみると、井戸端で店子たちが顔を突き合わせて何事かを話し合っていた。

「いかがしましたか、お登勢どの」

聞けば、ふたつある厠のうちのひとつの扉が外れて、内壁に突き刺さってしまったのだと言う。

「まぁね、厠の扉なんて替えがいくらでもありますから、いっこくらい壊れたっていいんですよ。それよりも怪我人が出なかっただけ儲けもんですよ」

「ふむ、中に人がいなくてよかったですな。用足し中に扉が飛んで来たのであれば、大事になっていたかもしれません」

出物腫物ところ選ばずとはよく言ったもので、野分のただ中であろうとも、もよおすときはもよおす。

宗太郎の実家の拝領屋敷は内後架だったが、長屋ではこうした惣後架を、つまり外にある厠を店子が共同で使用することになっていた。すっかり裏店暮らしになじんでいる宗太郎ではあるが、これだけはいまだに慣れない習慣だった。

「猫先生は、今日みたいな日はあちこちで猫の手を貸して大忙しでしょう？　あたしもね、今日は仕事を休んで、町内の片づけを手伝うことにしたんですよ」

そう言うと、お登勢は手拭いを姉さん被りにして、竹箒を片手に慌ただしく三光新道へ駆け出して行った。いつもなら母に付き従う娘の姿があるのだが、ざっと見回したところ、そばにお比呂の姿は見えなかった。

「お登勢どの、お比呂坊はいかがしました？」

「お比呂なら、いつまたこんな野分が来てもいいように、照降町まで新しい足駄を買いに出かけましたよ」

「ほう、照降町まで」

　宗太郎は西の方角を振り仰いだ。

　足駄は、雨の日に履く二枚歯の高下駄のことだ。照降町とは長谷川町から西へ数町ほど行った日本橋堀江町を走る通りの俗称で、傘屋、下駄屋、雪駄屋などが軒を連ねる一画となっている。〝照れ〟ば雪駄が売れ、〝降れ〟ば傘や足駄が売れるので、いつのころからか、この界隈は照降町と呼ばれるようになっていた。

「では、桃太郎は？」

「さてねぇ。お比呂と一緒に出て行きましたけど、大方、浮気相手のところか、三光稲荷じゃないですかい？」

「三光稲荷には、いなかったような」

　とすると、佐原家の拝領屋敷へ向かったのかもしれない。

「ひと息ついたら、浜町界隈へも行ってみるか」

　つぶやいて、宗太郎は市松長屋を後にした。

　それからも宗太郎は長谷川町内でこまごまとしたことに猫の手を貸しながら、昼ごろには国芳の画室がある極楽長屋へとやって来た。

極楽とはまたずいぶん大仰な名の長屋だが、国芳が勝手に『猫に囲まれた極楽長屋』と呼んでいるだけで、実際は八五郎長屋だったか、五郎八長屋だったか、何度聞いても覚えられない名だった。

「御免、国芳どの」

「はいよ、その声は猫先生ですかい？　水臭ぇや、勝手に入っておくんなさいよ」

腰高障子の前で声をかけると、中から威勢のいい声がした。

「それがしは猫先生ではありませんが」

と、一応断ってから土間に足を踏み入れたところ、入れ違いに、宗太郎のくるぶしをかすめて毬らしきものが次々と外へ飛び出して行った。

「おおう」

何事かと、ぞぞ髪が立った。

「よもぎ、つくし、めだか！　暗くなる前に帰って来るんだぜ！」

国芳がおっつけ声をかけても、どぶ板の上を駆けて行く毬らしきものたちは返事のひとつもなかった。

「猫……か？」

「野分で外に出らんなかった分、あいつら元気があり余ってやがるんですわ」

「ひどい野分でしたからな。猫たちは元より、国芳どのも大事はなかったですか？　何か困ったことがあれば、それがしの猫の手を貸しますぞ？」

「さすがは猫先生、お気遣いありがたいの浜焼き。ですけどね、ここは心配いらねぇですよ。もともと、年中ガタピシ言っているような長屋ですから、屋根や壁に穴が開いたって驚きはしませんって」

「猫先生ではありませんが、穴が開いたのですか？」

四畳半をのぞきこむと、国芳は二匹の猫を膝の上にのせて、猫背になって文机に向かっていた。それを見下ろすかのように、簞笥や蠅帳の上に小さな位牌が所狭しと並んでいるのがいささか不気味な光景ではあるが、これは国芳がこれまで面倒を見てきた猫たちを供養するものだった。

さらにジロジロと見て回った宗太郎は、枕屏風の横の土壁が一寸ほど崩れかかっていることに気づいた。

「あれですか？」

「いんや、ありゃ違います。猫たちが爪とぎして作った穴ですわ。あんなもんは描き損じの下絵を貼りつけときゃ、なんとでもなります」

押しも押されもせぬ人気絵師の描き損じの下絵が、猫の粗相の尻拭いに使われているとはなんとも贅沢な話である。もっとも、猫好きの国芳にとっては、それもまた本望なのかもしれない。

「さて、では、どこに穴が？」

「どこにも開いちゃいねぇですよ、もしもの話ですって」

「むむ、それならばよかった」

「つい先日、また雷は落ちましたけどね」

「なんと、この長屋のどこに？」

「おいらの頭の上に、ご公儀からね」

「むむ、そちらの雷ですか」

宗太郎はどう声をかけていいかわからず、ひげをしょぼつかせた。

ご公儀に盾突く者は不届き者である。

そう信じて疑わず、宗太郎はこれまで四角四面の人生を歩んできた。それが裏店暮らしをするようになり、日々の暮らしは決して四角いばかりではいられないということを遅蒔（おそま）きながら学びつつあった。

『国芳先生は、町の人々の声を筆にのせているだけです』

ふと、久馬がそんなことを言っていたのを思い出した。ただ市井にかぶれるだけでなく、市井の暮らしぶりをつぶさに見ているからこそ言えた台詞（せりふ）である。

そうした平らかな目を持っていることは、絵師に向いているように思えた。

「ところで、国芳どのは旗本の佐原久馬どのをご存じですか？　二本差しを捨てて、町絵師になりたいそうなのですが」

「おうおう、若さまカトンボのことですかい」

「若さまカトンボ？」

「手足が長くて、こう、ひょろひょろしていて、あの若さまの風体はどう見てもカトンボそのまんまでしょう」

　宗太郎は久馬をアメンボに似ていると思っていた。アメンボでもカトンボでも、だいたい言いたいことは同じだ。

「今日び、お武家さまが町絵師になるのは、なんの珍しいこともありゃしませんよ。風景画で人気の歌川広重いるでしょう、あれも生まれは定火消同心ですからね」

「ほう」

「若さまカトンボはまだまだ粗削りですけど、線に迷いがなくていいんですわ。お家の許しさえもらってくれれば、いつでも弟子にして差しあげますよ」

「ほうほう」

「で、若さまカトンボがどうしましたかい？　猫先生のお知り合いですかい？」

「それがしは猫先生ではないのですが、まぁ、その……」

　お登勢に猫の手を貸したことから、まったく接点のない旗本と縁ができた。その経緯を明かしてもいいものか迷っていると、

「ああっ！」

と、国芳がいきなり頓狂な声を出して手を叩いた。膝の上の猫たちが驚いて、ニャニャッ、と抗議の鳴き声をあげた。

「おっと、すまねぇ。ひじき、くらげ」

それは猫の名か？

先ほど出て行った猫たちの名も風変わりであったな、と絵師ならではの感性に宗太郎が感心していると、国芳が今度は大げさに声を潜める。

「そうなんですかい？〝にゃこうど〟ってぇのは、猫先生のことですかい？」

「にゃこうど？」

「てっきり、おいらはお登勢のとこの桃太郎のことかと思っていたんですけど、あのふたりもやりやがるな。猫の手屋の猫の手を借りていたとはね」

「あのふたり？」

「猫先生が味方してくれているなら百人力、いんや、百匹力ですね」

「味方……」

お比呂と久馬からも、同じことを言われていた。

「……国芳どの、にゃこうどとは？」

「ああ、仲人(なこうど)のことです。猫だから、にゃにゃにゃの〝にゃこうど〟。仲人を立てて文のやり取りをしているんでしょ、あのふたり」

「あのふたりとは、お比呂坊と久馬どののことでよろしいのですかな?」

「ええ、おいらもふたりの味方をしているんですよ」

なるほど、そういうことであったか。

仲人は男女の仲を取り持つ。お比呂と久馬は桃太郎を間者ならぬ、仲人にして、文のやり取りをしていたのだ。それも、人目につかないようにひっそりと交わさなければならない文となると、いよいよ答えはひとつしかない。

「お比呂坊と久馬どのは……」

つまるところ、恋仲なのであろう。

「若ぇふたりは突拍子がねぇですから、見ているこっちがハラハラしていけませんや」

「あの文は……」

恋文なのであろう。

「そうそう、若ぇふたりって言えば、今朝がた、日本橋川に若ぇ男女の土左衛門(どざえもん)が上がったそうで」

国芳の声は、もう宗太郎の猫の耳には届いていなかった。

町娘のお比呂と、貧乏とはいえども旗本である久馬とでは、身分違いの恋になる。そのうえ、久馬の御母堂は武家の格式にこだわる御仁だ。

ふたりの味方をしてやれるのは桃太郎と、国芳、そして宗太郎ぐらいしかいないのかもしれない。

「国芳どの。それがし、これから久馬どのに会いに行こうと思います。味方を名乗るからには、改めてきちんと話を聞こうと思います」

「ああ、それでしたら、若さまなら今ごろは鎧(よろい)の渡しで心中を……」

「心中!? 今、心中と言いましたか!?」

「猫先生、おいらの話を聞いてなかったんですかい? 今朝がた、日本橋川の鎧の渡しで若ぇ男女が……」

「若い男女が!」

宗太郎のひげ袋がふくらみ、ひげが打ち上げ花火のように大きく広がった。猫の耳は前へ後ろへと向きを変え、極楽長屋を取り巻くあらゆる物音が濁流となって頭の中を駆け巡っていった。

それなのに、肝心の国芳の声だけが聞こえない。

国芳が絵筆を置いて何か大声を張り上げているようだったが、宗太郎はもう居ても立ってもいられずに、押っ取り刀で土間から飛び出していた。

「お比呂坊、久馬どの、なんて早まったことを!」

鎧の渡しで、若い男女が心中をした。

お比呂と久馬が、心中をした。

「ふたりとも生きていてくれ……！」

抜けるような青空がまぶしくて、宗太郎は目の縁いっぱいに涙をこらえ、日本橋川へと急いだ。そうだとも、この涙の理由は空が青いからであって、決して若いふたりを悼んでいるからではない。

必ず、生きている。

お登勢がお比呂は照降町へ新しい足駄を買いに行ったと言っていたが、照降町は鎧の渡しのすぐ目と鼻の先にあった。

一日に千両もの金子が動くと言われる日本橋魚河岸と大川を結ぶ日本橋川は、鮮魚を積んだ押送船をはじめ、茶舟や五大力船などの大小さまざまな船がひっきりなしに行き交う交通の要所だ。北から日本橋、江戸橋のふたつの橋が架かるが、そこから河口へはおよそ三町にわたって橋がないため、ちょうど真ん中の小網町二丁目と南茅場町を結ぶために置かれたのが、鎧の渡しだった。

変わった名の渡しだが、元禄のころに編まれた江戸の郷土誌によると、この地に平将門が鎧と兜を奉納したことに由来するそうだ。

日本橋川は川幅も広く、それなりに流れもあるので、大抵の漂流物はそのまま大川から江戸湊(みなと)の海へと流されてしまうのだが、昨日の野分で川の流れもしっちゃかめっちゃかになっているのかもしれない。

「それがしがもっと気の利いた立ち回りができていれば、こんな突拍子もないことにはならなかったかもしれんのだ……！」

いつかの晩、白闇に言われた言葉が思い出される。

『この一件、ぺらぺらぺら太郎の猫の手には負えんであろうよ』

あのときは、それがどういう意味かわからなかったが、

『お前さん、ぼんくらだからのう』

くっ、と宗太郎は喉を詰まらせて、毛深い手の甲で目尻をこすりあげた。

この世で結ばれない男女が来世で幸せになるために自ら命を絶つ、心中。

人形浄瑠璃(じょうるり)や芝居で実話を元にした心中物がたびたび演じられたことがあって、かつて江戸で男女の情死が流行したことがあった。美しい晴れ着を身にまとい、あるいは、死に装束を白無垢(しろむく)に見立てて、互いの腕や腰を緋色縮緬(ひいろちりめん)の帯紐(おびひも)でしっかりと結んで入水(じゅすい)する。こうして情死が美化されていくことを危惧した公儀は、心中を〝相対死(あいたいじに)〟と呼んで、厳罰に処するようになっていた。

「心中などしても、誰も幸せにはなれんぞ」

宗太郎はぼんくらだが、命の重さはわかっているつもりだ。

人生とは煮干しのようなもの。苦労の先には必ず幸せが待っている。命を捨ててしまったら、その先の幸せを知ることができないではないか……！

日本橋川沿いはどこも蔵地になっているため、建ち並ぶ白塗りの土蔵の間の細い路地を抜けて、宗太郎は鎧の渡しへ駆けこんだ。

周囲は野次馬でごった返していた。猫の手で人をかき分けながら前へ出る奇妙奇天烈な白猫姿を見たものが、

「えっ、化け猫⁉」

と、叫ぶ声が聞こえたが、宗太郎は構わず雁木へと飛び出して行った。

川面近くの夏草が生い茂る一画から、乱雑に積まれた筵の山が目に飛びこんできた。

それを取り囲む八丁堀の役人たちのそばには、小鼻の右横にイボのある見知った顔もあった。

「あれは、蝦蟇の権七親分？」

「ありゃりゃ、猫先生じゃないですかい」

「それがしは猫先生ではありませんが……」

蝦蟇の権七親分は、本来ならば長谷川町をシマにする岡っ引きだ。

「シマではない現場に蝦蟇の権七親分がいるということは、やはり……」

「ああ、なんで、あっしがシマじゃねぇところに出張ってやがるかって？　いえね、小網町の親分にはちょいと借りがありやしてね、それで助に回ったんです」

「あ……、そういうことでしたか」

よかった、お比呂坊の身元が割れて呼ばれたのではなかった。

「蝦蟇の権七親分、その……、心中があったと聞きました」

「へい、若ぇふたりです。ずいぶん流されたみてぇで、まだ身元はわからねぇんですけど、男の方はお武家さんのようですね」

「武家……」

「女の方は、背格好が小柄ってことぐらいしか」

「小柄……」

宗太郎は青すぎる空を一度振り仰いでから、低い声で言った。

「そのふたり、知り合いかもしれません」

「えっ、お心当たりがおありで？」

「おそらく、蝦蟇の権七親分も知っている娘かと」

「ええっ。いやですよ、そりゃ本当ですかい？」

「筵の下の顔を検めてもよろしいですか？」

「そりゃもう、そうしていただけりゃ助かりやすけど、大丈夫ですかい？」

「と、言いますと？」

「なんて言いやすか、ほら、仏さんたちは土左衛門なんですよ？」

蝦蟇の親分が言い渋るのがもどかしくて、宗太郎は心が急くままに夏草を踏み分けて筵の山に近寄って行った。辺りには草いきれと潮の香りのほかに、嗅いだことのない強烈なにおいが漂っていた。

「南無阿弥陀仏」

仏となったふたりに両手を合わせてから、そっと筵をめくった。

そして、横たわる姿を目にした途端、

「うぼっ」

と、声にならない叫び声をあげて、宗太郎はその場でえずいてしまった。

驚いたことに、胃の腑から吐き出したものの中には泡雪の毛玉があった。猫は自分の毛皮を舐めて毛繕いをするので、ときどき、胃の腑に溜まった毛玉を吐き出すことがあると聞く。しかしながら、宗太郎は人であって猫ではないので、おのれの身体をぺろぺろと舐めて毛繕いをした覚えはない。

それなのに毛玉が出てくるとは、これいかに。寝ている間に、知らず知らずのうちに舐めていることがあるのであろうか……。

いやいや、違う、今はそんなことはどうでもいい。

「ほらほら、猫先生、だから言わんこっちゃない。土左衛門の面変わりっぷりは、あっしらでも見るのがキツいんですから」

「それがしは猫先生ではありませんが……」

権七に背中をさすられて、宗太郎はもう一度、毛玉を吐いた。

「蝦蟇の権七親分、かたじけない……」

「なんの。土左衛門ってのは、むかしの力士の四股名らしいですね。成瀬川土左衛門っていう、えらい肥えた色白の関取がいたんだそうですよ。溺死体は日が過ぎるとぶよぶよに肥えて浮き上がってきやがるんで、そこから土左衛門に見立てるようになったんですってね」

そう何度も耳もとで『土左衛門』と繰り返さないでほしい。

宗太郎は今ほど見てしまった痛ましいふたりを思い出して、胃の腑が迫り上がってくるのをこらえるに必死だった。

男女ともに白く膨れ上がっていて、正直、顔などわからなかった。

力なくしゃがみこんでいると、背後からよく知った声に呼びかけられた。

「猫先生、大丈夫ですか？　いきなり、どうしちゃったんです？」

「まさか、この声は」

すぐにでも振り返りたかったが、期待して落胆するのも怖い気もして、宗太郎はそろりと顔だけを肩越しに動かした。

　野次馬の間から、小柄なおちゃっぴい娘が雁木へと下りて来る姿が見えた。

「おう、お比呂坊！　生きていたか！」

「なんですか、それ。生きているに決まっているじゃないですか。ひげが下がっちゃって、猫先生の方がよっぽど死にそうな顔しているわ」

「む、むむ……、そうか」

「ああ、毛玉を吐いたんですね。こんなに大きく育つ前に、もっとこまめに吐かないとダメでしょう。猫先生は、猫なんだから」

「それがしは猫ではなく」

「まだ人に化けきれていない猫なんだから」

「人に化けきれていないのでもなく」

　いつもなら、大人を平気で言い負かすお比呂にたじたじになるばかりの宗太郎だが、今はそれすらうれしく思えた。

　さらに、お比呂の後ろから手拭いで額の汗をぬぐっている久馬まで現れた。

「猫先生、ご気分がすぐれませんか？　今日はまた夏に逆戻りしたみたいに暑いですからね、しっかりなさってくださいよ」

「おおう、久馬どのも無事で何より」

宗太郎は両腕を広げて、お比呂と久馬をしっかりと胸に抱き締めた。その足もとには、桃太郎もやって来ていた。

「こんな突拍子もないことになって心配しましたぞ」

「突拍子もないことって？」

お比呂に訊かれて口を開きかけた宗太郎だったが、草むらに無造作に捨て置かれたままになっている筵の下のふたりのことを思い出して、ただ横に首を振るに留めた。

相対死した者たちは弔うことも、埋葬することも許されない。あのふたりは、これで本当に来世こそは幸せになれるのであろうかと、やるせなさだけが募った。

「命を捨てては、煮干しの苦みもうまみもわかるまい」

結局、土左衛門の身元はわからないまま、権七は忙しそうに八丁堀の役人たちのところへ戻って行った。

それを潮に宗太郎たちも野次馬の輪から外れ、三人で少し話をしようではないかということになった。

「ニャーア」

「おおう、そうであったな。桃太郎も一緒なので、三人と一匹であるな」

「猫先生、そこはふたりと二匹じゃなくて？」

お比呂が桃太郎を抱き上げながら、すかさず軽口をたたいた。口が減らないとは、まったくこのこと。

小網町界隈は佐原家の拝領屋敷にほど近いので、万が一にも知人に会うことがないように、場所を移した方がよさそうだった。ちょうど対岸から渡し舟が戻ってきたところでもあったので、

「あれに乗るか」

と、一行はとりとめなく渡し舟に乗りこんだ。

汗だくの国芳が宗太郎を追って小網町の蔵地に駆けつけてきたのは、そんな矢先のことだった。

「いた、いた、猫先生！　まったく猫ってぇのは足が速いの、速くねぇの！」

「おおう、国芳どの。それがしは猫先生でも、猫でもありませんぞ」

「んじゃ、猫神さまですかい！」

ギリギリのところで渡し舟に飛び乗った国芳が、ふうふうと荒い息を整える。

「はぁ、間に合ってよかった。心配したんですよ。渡し舟になんか乗って、どこへ行くおつもりですかい？」

「それがしは猫神さまでもありませんが、川風に心を洗ってもらいつつ、南茅場町の河岸を少し歩こうかと思いましてな」

「そりゃまぁ、のん気なこって」

国芳が両手を団扇(うちわ)のように動かして呆れ声になると、久馬が手拭いを差し出しながらからかった。

「国芳先生も心中を見に来たんですか？　仕事がてんてこまいだから行かないなんて言っておきながら、やっぱり気になっていたんですね？」

「バカ言いなさんな、若さま。おいら今、肉筆画を請け負っていて、猫の手も借りたいくらいてんてこまいなんですよ。でもね、その猫の手を貸して歩く本人が、いんや、本猫が、まぁ、どっちでもいいか、その猫先生がまんまるおめめに涙を溜めて飛び出して行っちまったもんだから、そりゃ追わずにはいられないでしょう」

今、人か猫か、どっちでもいいかと言ったか？

「猫先生が、涙を溜めて？」

久馬が宗太郎を振り返った。

国芳、お比呂、ついでにお比呂に抱かれる桃太郎の視線も宗太郎に集まっていた。

それがしは猫先生ではありませんぞ。と、お決まりの口上を言っておきたいところだが、問い詰めるような一同の眼差しにさらされて宗太郎は口ごもった。

「い、いや……、その」

「まったく、猫先生はそそっかしいんですから。おいらの話を半分に聞いて、どうせ早とちりしたんでしょう？」

「むむ……。早とちりというか、聞き間違いというか」

「若さまとお比呂が心中した、そう聞こえましたかい？」

国芳が事もなげに言ってのけると、当人たちが顔を見合わせて騒ぎだした。

「あたしたちが心中ですって⁉」

「心中なんて、わたしたちがなんでまたそんな罰当たりなことを」

「そうですよ！　しませんよ、そんなおっかないこと！」

まくし立てられて、宗太郎は業の深い我が身を縮こめた。

渡し舟にはほかの乗船客はいなかったが、船頭が聞き耳を立てていないとも限らないので、用心して小声になって訊く。

「し、しかし、ふたりはその、恋仲……なのでは？　身分違いであることを思い悩んでいるのでは……？」

ふたりが、再び顔を見合わせた。

「恋仲ですけど、久馬さま、そのことで思い悩んでいらしたんですか？」

お比呂は何を恥じらうでもなく、あっさり恋仲であることを認めた。

「まさか、何を悩む必要がある？　わたしたちはね、出会ってしまったんだ。何があっても、お比呂と添い遂げるよ」

久馬もまた、ためらうことなく肯定した。

「わたしとお比呂の出会いは、お登勢さんが女髪結いとして、うちにまだ出入りしていたときまでさかのぼります」

「でも、そのときは、お互いのことが気にはなっても縁なんてないと思っていたんですよ。だって、町娘とお旗本さまですもの」

「そうだね。縁があると思ったのは、半年ほど前に三光稲荷で再会したときだね。そのころには、わたしは国芳先生の画室を訪れるようになっていたので、ふたりで話す機会が増えていったんです」

　ふたりのなれそめを包み隠さず語ってくれるのはいいが、話しながら気持ちが盛り上がってきたのか、人前で臆面もなく指先を絡め合うのはいかがなものであろう。

「それに、心中するくらいなら、わたしだったらまずは駆け落ちをするだろうね」

「やだ、久馬さま。駆け落ちなんてことまで考えてくれているんですか？」

「お比呂と一緒になるためなら、知恵も絞るさ」

「うれしい。駆け落ちするなら、桃太郎も連れて行っていいですか？」

「もちろんだよ。ふたりと一匹で幸せになろう」

　指先を絡めるだけでは飽き足らなくなったようで、久馬がお比呂の細い肩を抱き寄せはじめた。そんなふたりにあてられて、ぼんくらな宗太郎のあずき色の肉球からは一気に汗が噴き出た。

「ほらね、猫先生、このふたりはいっつもこうなんですよ」

「そ、そうなんですな」

「今どきの若ぇもんは、やることなすこと突飛でかなわねぇんですよ。見ているこっちがハラハラするんです」

「ハラハラしますな」

宗太郎は肉球の汗を袴にこすりながら、若い者の考えていることはよくわからんな、とおのれも若いことを棚に上げて閉口した。

「若さまはね、おいらを手伝うために今朝は極楽長屋に来てくれていたんですよ。それなのに、鎧の渡しの心中の噂を聞きつけたら、筆を投げ捨てて野次馬しに行っちまったってわけなんですよ。そうですよね、若さま?」

「だって、国芳先生がいつもおっしゃっているから。この世の出来事はなんでも見ておけって。とくに瓦版になるような騒動は、いずれ必ず絵組の助けになるって」

「そうです、そのとおり。世の中のことを知らねぇもんに、世の中をうならせる絵は描けねぇんです。土左衛門は見ましたかい?」

「はい、筵がめくれたときに……、やりきれない悲しみに包まれた亡骸でした」

「結構。そう感じたのなら、感じたままを絵になさるといい。絵には声がないぶん、声じゃ叫びきれないことまで存分に筆が叫んでくれます」

国芳が絵師を志す若者に与える助言は、乱暴ながら的を射たもののように聞こえた。ただの猫好きの変人ではなかったのだな、と宗太郎は改めて国芳という人物を好ましく思った。肉球のにおいを嗅ぎたがるところは、いささか迷惑な癖だが。

「で、若さまが鎧の渡しにいるのは野次馬だとして、なんで、お比呂までここにいるんでい？　お前さんも野次馬かい？」

宗太郎が知りたいことは国芳も知りたいことのようで、率先してずけずけと切りこんでくれるのもありがたい。

「あたしはいつもの文で、今日は久馬さまが国芳先生のところにいるって知っていたから、おっ母さんには足駄を買いに行くって言って、こっそり画室をのぞくつもりだったんです」

「その、いつもの文というのは、桃太郎を間者にしたやり取りのことか？」

宗太郎が遠慮がちに問いかけると、

「間者？」

と、お比呂が膝の上の桃太郎の喉首を撫でながら、あどけなさが残る顔を傾げた。

「桃太郎を〝にゃこうど〟にしていたのであろう？」

「ああ。ええ、そうです。それで、国芳先生の画室へ向かっているときに久馬さまとばったり出会って、騒ぎになっている鎧の渡しへ行くって言うから、それならあたしも一緒について行こうと思って」

つまり、逢引(あいび)きしていたというわけだ。そして、ふたりで遠巻きに心中騒動を野次馬していたら、突然、宗太郎が現れて慌てたのだろう。

「びっくりしちゃった。猫先生がやって来て、いきなり吐き出すから」

「それがしは猫先生ではないが、あれにはそれがしも驚いた」

土左衛門がどういうものなのかを初めて知った。ついでに、おのれの胃の腑から毛玉が出ることも。

「猫先生、ひょっとして土左衛門を見て吐いちまったんですかい？　血の気のまったくねぇ白い渾身(こんしん)が、ぶよぶよの鮟鱇(あんこう)みてぇになっていたでしょう？」

国芳の細かい描写と渡し舟の揺れが相まって、宗太郎の胃の腑がまたも迫り上がってくるようだった。かろうじて、生唾を呑んで平静さを取り繕う。

「いずれにしても、お比呂坊と久馬どのに大事がなくて安堵しました」

「猫先生、あたしたちのことを泣くほど心配してくれたんですか？　それで、鎧の渡しまで？」

「それがしは猫先生ではないが、ふたりの味方ではあるからな。心配するぐらいのお節介は焼いてもよかろう」

宗太郎は照れ隠しに、長くひんなりしたしっぽで渡し舟の底を叩いた。

「猫先生、ありがとう」

「猫先生、ありがとうございます」

「礼を言うのは、まだ早いですぞ」

　お比呂と久馬が頭を下げるのを、宗太郎は素早く手を上げて制す。

「それがしがふたりの味方をするためには、まずはお登勢どのと、大奥さまに、この〝猫の手〟を貸さなければならないわけで」

「おっ母さんと……」

「母上に……」

「桃太郎の浮気相手を探ることと、桃助の飼い主を見つけること。それが、それがしがはじめに請け負った依頼でありますからな」

　国芳はなんの話かと興味津々のようではあったが、心得たように余計なことは言わず、お比呂の膝の上でおとなしくしている桃太郎の頭を撫でていた。

「心中も駆け落ちも、その場しのぎの目くらまし。今のままでいたいのならば、今こそ前に進むべきではあるまいか。違いますかな？」

　宗太郎の問いかけに、お比呂も久馬もただうなだれていた。

　しばし、日本橋川の水音だけが聞こえていたが、熟練の船頭が話の終わりを見計らったかのように声をかけてくる。

「はい、みなさん。南茅場町に着きましたよ」

六

それから三日後の、昼下がり。

宗太郎はお登勢とお比呂を引き連れて、桃太郎がへっつい河岸の木橋を渡るのを追いかけた。行き先は、浜町界隈の佐原家の拝領屋敷である。

「ちょいと、猫先生。あたしなんかが佐原さまのお屋敷に出入りしちゃ、ご迷惑になりますよ。帰りましょうよ」

「お登勢どの、それがしは猫先生ではありませんぞ。お登勢どのに猫の手を貸している、猫の手屋宗太郎ですぞ」

「その猫の手、もう引っこめてくれていいですから」

「心配はご無用。今日のお登勢どのは女髪結いとしてではなく、桃太郎の飼い主としてやって来ているのです」

「そうは言ってもね、やっぱりもういいですから。桃太郎の浮気相手がわかっただけで満足しましたから」

お登勢は根無し草のようにふらふら浮わつきながら、何度も踵を返そうとしていた。

「選りによって、桃太郎の浮気相手が佐原さまの大奥さまだったなんてね」

あの伝法なお登勢が、今日は珍しくまごつきっぱなしだった。いつも掛けている前垂れを外しているのも、勝手が違って落ち着かないのかもしれない。

「おっ母さん、しっかりして。そんなんじゃ、武家地で目立ってしょうがないわ」

「お比呂、お前は図々しいね。誰に似たんだろうね」

「おっ母さんに似たのよ、ほかに誰がいるっていうのよ」

母子が言い合う声が、鰯雲の広がる空に吸いこまれては消えてゆく。

佐原家の拝領屋敷の百日紅も、すっかり花を散らしていた。

「秋であるな。初秋や隣は何をする殿ぞ」

宗太郎は俳聖と呼ばれる先達の名句をもじりつつ、なまこ塀に沿って旗本屋敷の裏手まで回りこみ、勝手口を目指した。桃太郎もいつものように先に中へ入ってしまうことなく、首の鈴を鳴らして一行についてきている。

その音色に気づいたのか、絶妙の頃合いで潜り戸が開いた。

「お待ちしておりました、猫先生」

「おお、久馬どの。それがしは猫先生ではなく、猫の手屋宗太郎ですぞ。本日は大奥さまからのご依頼の件について、ご報告に参った次第です」

畏まって告げると、久馬はひとつうなずいてから、宗太郎の後方へ向かって気さくに話しかけた。

「お登勢さん、お久しぶりです。今日はご足労をおかけしてすみません」

「め、めっそうもございません。ご無沙汰しております、久馬さま。あたしのようなものがここにいていいのか、ご、ご、ご迷惑ではありませんでしょうか」

「おっ母さん、落ち着いて」

「これが落ち着けるかい。大奥さまからは、ご改革のお触れが出たときに、お屋敷への出入りを禁止されているんだから」

「遠慮はいりませんよ。今日のお登勢さんは女髪結いとしてではなく、客人としてお越しくださっているんですから」

「このあたしが、お武家さまのお屋敷の客人……！」

お登勢は泡を吹いて気絶しそうな勢いだった。

先日の鎧の渡しの心中騒動で、ぼんくらな宗太郎にもお比呂と久馬が恋仲だということがようやくわかった。若いふたりは桃太郎を〝にゃこうど〟にして、恋文のやり取りをしていたのだ。

桃太郎は、思いもよらない猫の手を貸していたということになる。

そのことを、宗太郎はお登勢と佐原家の御母堂に打ち明けようと思っている。お比呂と久馬が今のままでいるためには、今こそ前に進まなければならないはずだ。

「ようこそおいでくださいました、猫の手屋の猫神さま。お登勢も、お比呂も、息災のようで何より」

屋敷内に入ると、用人の荻野勝信が愛想よく廊下を先導してくれた。先日はかけていなかった目鏡をかけているところを見ると、やっと直しが済んだようだった。

お登勢は勝信に深々と頭を下げたのち、

「お比呂、桃太郎があちこち勝手に歩き回らないように抱っこしておいておくれ。脚の泥で、お屋敷を汚しちまったら一大事だよ」

そう言って自分の足の裏を何度も確認して、挙句、つま先立ちになって歩いていた。

「ねぇ、猫先生。おっ母さん、あんなに浮わついているけど大丈夫かしら？」

お比呂が桃太郎を抱き上げるついでに、宗太郎に耳打ちした。

「それがしは猫先生ではないながら、問題なかろう。お登勢どのがまごついているのは、佐原家の人々に迷惑をかけまいとする気遣いによるものであろうからな」

「おっ母さん、いつも言っているものね。他人さまの迷惑になるようなことだけはしちゃいけないって」

「ふむ、よい心がけである」

お登勢が町触れに逆らってまで女髪結いを続けるのも、決して世を乱そうとしてのことではなく、それが生業だから続けざるを得ないだけのことなのだ。

そうしたお登勢のまっすぐな気性を知れば、佐原家の御母堂もきっとお登勢母子を理解してくれる。宗太郎はそう信じて、今日の対面をお膳立てした。

「今日の話し合いがうまくいくか、いかないかは、桃太郎にかかっている」

宗太郎は、お比呂に抱かれている桃太郎の頭を撫でた。

「頼んだぞ、桃太郎。今日はそこもとの得意な〝にゃん法〟で挑む」

「えっ、ニャンポウ？　なんですか、その胡散臭いの」

「猫は忍びの者である。まぁ、見ておるがよい」

以前、にゃん法色仕掛けで、桃太郎がギスギスしかけた佐原家の人々を骨抜きにした手腕は見事だった。

今日集まっているのも、いずれも底なしの猫好きだ。猫好きを操るにゃん法を心得ている桃太郎がいれば、きっと何もかもうまくいく。

限りなく猫に近い宗太郎は確信をもって、そう思っていた。

しばらく廊下を歩くと、すっかり花の散った百日紅の木が見えて来て、開け放たれている障子の手前で勝信が膝をついた。

「大奥さま、猫の手屋の猫神さまたちをお連れいたしました」

「どうぞ、お入りください」

御母堂の凜とした声が聞こえる。

宗太郎は背筋を伸ばして、座敷に入った。

「そうですか、桃助は桃太郎という名でしたのね」

「ひょっとして、大奥さまは桃太郎の肉球や鼻が桃色をしているので、『桃助』と呼んでくださっていたのでございましょうか？」

「ええ。猫が付ける足あとをよく梅の花と言いますけれど、桃助……、ああ、桃太郎の脚の肉球はきれいな桃の花ね」

「桃助でよろしゅうございますよ、大奥さま。桃の字つながりで、桃太郎も桃助も同じようなものです」

開け放たれた障子の向こう側では、庭木に群れる色鳥たちがにぎやかなさえずりを聞かせていた。そして、そのさえずりに負けないくらい、佐原家の御母堂とお登勢の声も弾んだものだった。

宗太郎は猫の手屋として請け負った依頼に応えるべく、お登勢には桃太郎の浮気相手は旗本の佐原家の御母堂であることを告げ、御母堂には桃助は女髪結いのお登勢の飼い猫であることを告げた。

最初こそ固い表情で戸惑っていたふたりだったが、お互いの知らないところでの桃太郎の振る舞いについて話題が及ぶと、どちらからともなくお吸い物の中のお麩のようにふやけた面構えになっていった。

その間、当の桃太郎はというと、お登勢、お比呂、御母堂、久馬の膝の上を順繰りに回ってたっぷりと愛嬌を振りまき、宗太郎の目論見どおりに一同を存分に骨抜きにしていた。

「まこと恐るべし、にゃん法色仕掛け」

恐ろしいはずなのに、宗太郎はにんまりと笑った。見ようによっては、化け猫そのままの悪い顔をしていたかもしれない。

こうやって座の雰囲気をよくしたら、宗太郎はそしらぬ顔で母親たちにお比呂と久馬のことを打ち明けようと思っていた。

お比呂が町娘であることや、久馬の今後の身の振りのことなど、一朝一夕には答えが出ない案件であることは承知の上で、それだからこそ、長い目で若いふたりを見守ってはくれまいかと頼もうと思っている。

宗太郎はぼんくらなので、恋心というものに今ひとつピンとこない。

『猫先生、恋わずらいって言葉を知っていますかい？　恋なんてのは、熱に浮かされる病のようなもんです』

鎧の渡しで舟を下りるとき、国芳がそう教えてくれた。

『でもって厄介なことに、この病には錦袋円も奇応丸も効かねぇ』

江戸きっての万病薬も効かないとなると、本当に厄介だ。恋わずらいを癒せるものがあるとすれば、それは時だけなのだそうだ。

そうだとするならば、時をかければ、熱はいずれ冷めるかもしれない。若いふたりの気持ちがどれだけ長く続くか、誰にもわからない。

だからこそ、早計に良し悪しの答えを出すべきではないのではないかと、ぼんくらなりに考えたのだ。生木を裂くように今のふたりを引き離せば、それこそ時をかけても癒せない傷を残す恐れがないとは言えない。

鎧の渡しの、やりきれない悲しみに包まれたふたりのように。

という説得を、口下手な宗太郎がするのは難しい。

そこで、桃太郎のにゃん法なのである。

「ところで、本日は大奥さまとお登勢どのに、もうひとつ聞いていただきたいことがございます」

座敷の端っこに座して一同を見守っていた宗太郎は、満を持して声をあげた。

「猫神さまが、わたくしに？　ありがたい説法でございましょうか？」

御母堂に拝まれそうになって、宗太郎は首を振った。

「いえ、それがしは猫神さまではありませんので、ありがたい説法をお聞かせすることはできませんが、その……、若いふたりの今後について少々」

「若いふたり？」

お登勢が何かを感じ取ったようにお比呂を見やって、眉をひそめた。

「あー、その、実は桃太郎は浮気をしていたわけではないのです。忍びの者として、ある密命を帯びていまして」

宗太郎はしっぽりと濡れた鼻を舌先でひっきりなしに舐めながら、御母堂とお登勢に語りかける。

「えー、ですから、桃太郎は若いふたりの仲人、いえ、にゃこうどだったわけで」

「若いふたり……」

御母堂も察したように、久馬を見据えた。母親というのは勘がいい。

和やかだった雰囲気が一変、ギスギスとしたものになっていくのが肌でわかったが、怯む必要はない。そうだとも、こうなったときのために桃太郎がいる。

一方で、お比呂と久馬はもっと神妙に縮こまってもいいものを、これでもうこそこそしなくて済むと思っているのか、いやに晴れ晴れしい顔で宗太郎の次の言葉を待っていた。どうにも調子が狂う。

「あー、つまりですな、それがしが申し上げたいのは、桃太郎はにゃこうどとして文を運んでいたということなのです」

「文って、誰から誰へのです？」

お登勢の目はお比呂と久馬を見ていたが、敢えて、宗太郎に答えを求めてくる。

「はっきり教えてくださいな、猫先生」

「それは……、いや、それがしは猫先生ではなく」

ペロリ、ペロリ。

鼻を舐め続ける宗太郎をよそに、桃太郎は御母堂の膝の上でのん気に大あくびをしていた。そうではないであろう、と内心でやきもきしていると、

「それは、わたしとお比呂の文です」

と、久馬がいきなりはつらつと宣言した。

「母上、お登勢さん、わたしはお比呂を好いております。お比呂もわたしを憎からず思ってくれています」

「憎からずどころか、あたしも久馬さまに心底惚れております」

「お比呂、わたしだって心底惚れ抜いているよ」

「いいえ、あたしの方がその何倍も」

「いいや、わたしの方がその万倍も」

例によって、若いふたりがハラハラするようなやり取りを始めたので、宗太郎は慌てて両手を広げた。

「あいや、しばらく！　しばらく！」

「猫先生、いいんです。今さら回りくどい言い方もないでしょう、もう母上もお登勢さんもわかっているようですから」

「そうかもしれないが、ここはそれがしにお任せ願いたい」

これでは、宗太郎の考えていた筋書きと違う。

こんなにかわいい桃太郎が仲人になって、若いふたりのために毎日文を運んでいたのです。猫はなんて賢いのでしょうね、猫だけに〝にゃこうど〟とは、よく言ったものです。それがしも限りなく猫に近い身として、桃太郎を誇りに思います。どうでしょう、ここはひとつ、かわいい桃太郎に免じてお許し願えませんか。かわいい桃太郎の顔を立てて、もうしばらく見守ってはくれませんか……、と。

かわいいの大安売りから、トドメに桃太郎本人、いや、本猫に上目遣いで『ニャーア』と鳴いてもらう。

それが、にゃん法色仕掛け。

猫好きの御母堂とお登勢なら、ここまでやられて落ちないはずがないと宗太郎は踏んでいた。

「大奥さま、お登勢どの、桃太郎はにゃこうどとして若いふたりに猫の手を貸していたのです。それがしも、本物の猫の手にはかないません」

ところが、どれだけ必死に訴えても、御母堂もお登勢も険しい表情を崩さなかった。

焦った宗太郎は、御母堂の膝の上の桃太郎に目配せを送った。

鳴くなら今ぞ、と。

すると、桃太郎が総毛を逆立てて鳴いた。

「カッカッカッカッ」

それは、獲物を見つけたときの鳴き方だった。

「桃太郎、いかがした？」

その鳴き方ではないぞ、と宗太郎は何度も首を横に振ったが伝わらない。

桃太郎は、宗太郎の背後の廊下を見て鳴いていた。

「何か気になることでも？」

と、宗太郎は身体ごとのっそりと廊下を振り返って、そのまま、頭で考えるより先に猫の手を動かした。

「すわ、鼠か！」

まるまると肥えた一匹の鼠がいたのだ。

猫の手屋宗太郎は猫ではない。限りなく猫に近いだけで、人である。それなのに、最近、ややもすると鼠を見た拍子に野生の血が目覚めることがあった。

素早く爪を立てた平手を食らわしたはいいが、息の根を止めるには至らず、間の悪いことに鼠が座敷の中へ逃げて行ってしまった。

「カッカッカッカッ」

満を持して、桃太郎が御母堂の膝を蹴って駆け出した。

「きゃっ」

と、御母堂の小さな悲鳴が聞こえた気がしたが、座敷内はもうそれどころではなかった。もっとけたたましい音であふれ返っていた。

「カッカッカッカッカッ」

鼠を追う桃太郎が床の間の活け花に体当たりをして、水盤が割れた。背後の風鎮に飛びかかり、月と萩の花が描かれた掛け軸が落下した。違い棚に飛び乗って、香炉を蹴落とした。障子を突き抜けて穴をあけた。床柱で爪とぎをした。畳にうずくまったかと思ったら、毛玉を吐いた。

その合間で、ちょろちょろと逃げ回る鼠のことも追う。

「桃太郎、何やってんだい！」

いつもは怒らないお登勢もこれには黙ってはいられなかったようで、仁王立ちになって大声で怒鳴っていた。お比呂と久馬が桃太郎を捕まえようと額に汗するも、忍びの者の本気に勝てるはずなどなく、座敷は荒れる一方だった。

騒ぎを聞きつけた勝信まで巻きこんでの、大捕り物になった。

「なんということ、それがしが一撃で鼠を仕留めていれば……！」

宗太郎は猫背を丸めておろおろしつつ、おのれを責めた。

今まで佐原家の人々の前で猫をかぶっていたのに、桃太郎の化けの皮が剝がれてしまった。猫は鼠を追う。その野生の血には抗えなかったということか。

「桃太郎、いい加減におし！」

お登勢が、ひと際大声をあげた。

そのただならぬ声に我を取り戻したか、座敷の隅で鼠をくわえていた桃太郎がぴたりと動きを止め、

「ニャーア」

と、上目遣いに鳴いた。口から落ちた鼠は、もう動かなかった。

今鳴くか⁉

宗太郎が心の中で突っこんでいると、それから桃太郎は何事もなかったかのように御母堂の膝の上に戻って行った。

「ニャーア」

桃太郎よ、今さら猫をかぶっても遅いのだ。

所詮は町人の飼い猫であったかと、御母堂はさぞや落胆したことだろう。大事な息子の相手に、猫一匹しつけられないような母親に育てられた町娘を選ぶはずがない。

お比呂と久馬も目を伏せていて、もはや自分たちのことを許してもらえる状況ではないことを悟ったようだった。

「桃太郎、下りな。あんたに大奥さまの膝の上にのる資格はないよ」

「ニャーア」

「ニャーアじゃないよ、まずは大奥さまにあやまりな。恩を仇で返すってのは、このことだよ」

「ニャーア」

桃太郎が動こうとしないので、お登勢は御母堂のそばまで膝でにじり寄って、無理やり引きずり下ろそうと両手を伸ばした。

けれど、その手を御母堂が制して、

「お登勢、いいわ。ここはわたくしが」

と、やさしく言ったかと思ったら、一拍置いて思いきり桃太郎のお尻を叩いた。

「おおう」

それを見ていた宗太郎は、おのれがぶたれたかのようなうめき声をあげてしまった。

お登勢も、口を開けていた。

「桃助……、いいえ、桃太郎。わたくしが何ゆえ怒っているか、わかりますか？　水盤や掛け軸を壊したことを責めているのではありませんよ」

「ニャーア」

「お登勢は、あなたの育ての母でしょう。母の言うことには、ちゃんと耳を傾けなければなりません」

「ニャーア」

「ですけれども、鼠を退治してくれたことには礼を述べます。よくやってくれましたね、桃太郎」

御母堂が顎下をさすると、桃太郎はうっとりと目を細めて高らかにゴロゴロと喉を鳴らし出した。

「大奥さま……」

感じ入ったように御母堂と桃太郎を見ていたお登勢だったが、思い出したように物が散らばる畳に額をこすりつけた。

「申し訳ございません、大奥さま。壊したもののすべてを弁償できるかわかりませんけれども、できるだけのことは致したく思います」

「いいんですのよ、お登勢。わたくしは三人の息子を育てましたけれど、みんなやんちゃでした。桃太郎も雄なのですから、これぐらいでないとね」

「大奥さま……」

「これまであまりにも桃太郎がおとなしいので、実をいうと、いささか心配していたのですよ。大名家では、やんちゃも許されないほど厳しく飼われているのかしらって」

「大名家の猫でなくて、がっかりされたことでございましょう」

「そうですわね。ですけれど、猫はどこのどなたに飼われていても、猫ですから。かわいいことには変わりないわ」

御母堂はいつもそうしていたように、桃太郎の背中を撫でていた。

「そうだわ。お登勢、お詫びということでしたら、ひとつ頼みがあります」

「は、はい、なんでございましょう？」

「久しぶりに、髪を結ってちょうだい」

「え……、ですが」

「これは、女髪結いに頼んでいるのとは違いますよ。たまたま、髪結いが得意な客人を招いたので、ついでに頼んでいるだけです」

そう言われても、お登勢は迷っているようだった。

もしかすると、これは大奥さまがお登勢どのを試しているのかもしれない、と宗太郎は思った。ここでためらいなくお登勢がうなずくようでは、いささか軽率だと言えないこともないからだ。

「今日は、髪結い道具は持って来ておりませんので……」

「わたくしのものを使ってできないかしら？」

「できないことはございませんけれども、これ以上のご迷惑は……」

「前にね、お登勢に結ってもらったときに、わたくしのようなふっくらした顔立ちには鬢（びん）を張らないように結うといいって聞いたと思うの。でも、なかなか自分ではうまくできなくて困っていたのです」

それを聞いて、お登勢はわかりやすく表情を明るくした。かつて自分が口にした助言を、客が覚えていてくれたことがうれしかったのだろう。

なぜなら、お登勢は客を洒落た装いにする生粋の職人だからだ。

「それは櫛の入れ方にコツがあるんです。そういうことでしたら、髪結いが得意な珍客として、お教えいたしましょう」

「そうしてもらえるとうれしいわ」

「でも、その前にお座敷を片づけなくてはなりませんね。大奥さまはそのままでおいでくださいまし、あたしたちがやりますから」

割れた水盤、落ちた掛け軸、蓋の飛んだ香炉、穴のあいた障子、動かなくなった鼠。ざっと見ただけでも、座敷はたんと片づけ甲斐のある散らかり具合だった。

「お登勢、これからも、たまに桃太郎を借りてもいいかしら？」

「もちろんでございますとも。やんちゃをしたら、いつでも思いっきり叩いてやってくださいまし」

「ふふ、桃太郎に嫌われない程度にね」

お登勢と御母堂が、再び和やかに会話を弾ませた。

今日という日をなんとなく大団円で終えることができそうな流れに、宗太郎は人知れず大きく息を吐いた。

「あの、母上」

しかし、ここでまた久馬がいらぬ水を差す。

「それは、これからも桃太郎をにゃこうどにして、文のやり取りをしてもいいということでしょうか？」

その期待に満ちた顔が、御母堂にはさぞや苦々しく映ったことだろう。少なくとも宗太郎には、なぜ今それを言うか、と片腹痛く思えた。

「久馬、あなたはどうしてそうなんでしょう。先ほど、わたくしが桃太郎に言った言葉を聞いていて？」

「よく鼠退治をしてくれました、ってことですか？」

「その前です」

「その前？」

「母の言うことには耳を傾けるように、そう叱ったのです。あれは、あなたへの言葉でもあるんですよ」

御母堂は怒るというより、半ばあきれ顔だった。

お登勢も眉根を寄せて、御母堂に加勢する。

「そうでございますよ、久馬さま。落ち着いて、よくお考えになってくださいまし。お比呂はただの町娘でございますから」

「お言葉ですが、お登勢さん。母上の言うことに耳を傾けた上で申し開くと、お比呂はどこのどなたに育てられていても、お比呂です。かわいいことに変わりありません」

「やだ、久馬さま。かわいいなんて言われたら照れちゃう」

若いふたりがまたハラハラするようなやり取りを始めそうになったので、宗太郎は桃太郎が退治した鼠を猫の手にぶら提げたまま、話に割りこんでいった。

「しばらく、しばらく。とりあえずは、若いふたりのことは桃太郎に預けてみるということでいかがでしょうか?」

「桃太郎に預ける?」

御母堂もお登勢も、しきりに若いふたりの味方をしようとする宗太郎をうろんな顔で見つめていた。しかれども、その猫の手に鼠がぶら提がっていることに気づくと、双方ともに腰を浮かして目をそらした。

「どこまで桃太郎がにゃこうどをしてやれるのか、今しばらく、それがしは見守りたく思います」

「桃太郎を？」

お登勢が鼠を見ないように横目になって、訊く。

「見守る？」

御母堂も顔をそらしつつ、訊く。

「はい。ご覧のように鼠退治の腕前は一端でも、にゃこうどとしてはまだまだ駆け出しのようでありますから」

宗太郎は鼠をぶらぶらとさせて本題から気をそらせながら、本来なら『若いふたりを見守りたく』となるところを、『桃太郎を見守りたく』とすることで、話を煙に巻くつもりだった。

猫股の白闇が、よくこうして論点をずらしては宗太郎を振り回す。そうした猫ならではのあざとさを、猫好き相手に利用しようと考えたわけだ。

以前の石部金吉の宗太郎なら、こうした駆け引きはできなかった。しようとも思わなかっただろう。

「それもそうですわね、桃太郎のことは見守りたいですわね」

「桃太郎、あんた、いずれ猫の手屋にでもなるつもりかい？」

色鳥たちがさえずる秋の昼下がり、薄っぺらのぺら太郎は一枚上手となるべく厚みを覚える。

「これが、にゃん法というものなのだ」

おのれに言って聞かせるようにつぶやいていると、御母堂の膝の上の桃太郎と目が合った。桃太郎は、ゆっくりとまばたきをしてくれた。

宗太郎もまばたきを返して、はたと気づく。

桃太郎が先ほど暴れたのも、にゃん法によるものなのでは？

なんとなく大団円なのではなく、そうなるように仕向けられたのだとしたら？

「いや、まさかな」

猫は忍びの者、猫好きを操るにゃん法を心得ている。ひょっとしたら、このまるまると肥えた鼠すら桃太郎の用意した忍び道具だったのでは……。

宗太郎は鼠を百日紅の木へ向けて放り投げると、ぶるりと震えた。

「にゃん法、はなはだもって恐るべし」

奇妙奇天烈な白猫姿の宗太郎が、語る

一

「それでは一席うかがいます。しばし、みなみなさまのお耳を拝借」

ときは、月の美しい秋の晩。

ところは、浅草山谷堀近くにある高級料亭の二階座敷。

七人のお大尽客が神妙に耳をそばだてる中で、下座から音吐朗々と幕開きの口上を述べるのは、浅草猿若町の大部屋役者である中村雁弥だ。

この雁弥という男、すらりと背が高く押し出しがいいためか、年のころなら二十歳そこそこに見えるが、まだほんの十七だというのだから、胡散臭いことこの上ない。

さらに付け加えると、結構な色男でもある。行灯を遠ざけた薄暗い座敷にいても、ノミで削ったような切れ長の目や、面相筆で描いたみたいな鼻梁は、十分に人目を惹きつける造作だった。

「これは近ごろ、両国橋近くのあちこちの町内で見た、聞いたと騒がれている男の話でございます」

雁弥が芝居がかった声音で、語る。

「あるときは大店の店前に、またあるときは裏長屋の木戸前に、その男は足音も立てずにどこからともなく現れては、じっとたたずんでいるそうでございます。見てくれは、そうですね、編み笠をかぶり、麻の法衣と白の脚絆を身に着けた、いわゆる托鉢僧の出で立ちと申しましょうか。しかし、何かがおかしい。よくよく見ると、右手の錫杖にはとこぶしの貝殻がぶら提がり、左手の鉄鉢は大きな鮑の貝殻だと言うではありませんか。いえ、それだけではありません。もっともおかしいのは、顔に猫の目鬘を着けていることでございます」

なんと？

宗太郎は耳を疑った。

「その男は、しめやかな雨にも似た声でささやくそうでございます。『ねこう院仏しよう、ねこう院仏しよう』と。そうして、とこぶしの錫杖をガラガラと鳴らし出し……」

ここで、雁弥が一旦言葉を区切ってもったいつける。

二階座敷は海の底ほどにしんと静まり返っていたが、階下からは時折、酔客の笑いさんざめく声が届くこともあった。

たっぷりと間を置いたのち、

「おねこー！」

と、雁弥が障子を震わす大声を張りあげた。

「なんでも、この男は回向院ならぬ、〝ねこう院〟を名乗って勧進をしている猫の托鉢僧なんだそうでございます。いわく、『にゃんまみ陀仏にゃごにゃごにゃご』」

その猫の托鉢僧とは、雁弥、そこもとのことではないか！

宗太郎が松葉に似たひげを広げて突っこみを入れようとしたところ、それよりも早く、大尽客たちが我先にとしゃべり出した。

「雁弥、その者は物乞いじゃないのかね？　江戸の町の物乞いは、みな奇をてらっているものだよ」

いかにも粋人らしい十徳を羽織った札差のご隠居が、言った。

「そうそう。あたしもね、つい先ごろ、『親孝行でございい』という老婆に銭をくれてやりましたよ。胸に張りぼて人形をぶら提げていましてね、あたかも孝行息子が母親を背負っているように見える趣向の物乞いなんですよ」

しきりに目鏡をいじりながら話すのは、筆墨硯問屋の大旦那だ。

「考えるものだねぇ。人目を集める風変わりな格好で店前に立たれたら、こちらとしてもむげに追い払うこともできないからねぇ」

こんにゃく芋を思わせる、いかめしい顔をした仏具屋の大旦那が言った。

蓼食う虫も好き好き。

と言ってしまうと身も蓋もないが、世の中には物好きな人々がいるものだ。どう見てもがらくた道具でしかない品々をありがたがって集めている者、鼻が曲がるほど臭い食べ物を珍味と言い張って好む者、はてまた、猫の肉球の臭いをおかずに白米を食べられるなんていう御仁もいる。

そうした物好きたちのことを、江戸では好事家と呼ぶことがある。

今夜、高級料亭で雁首をそろえている七人のお大尽客も蓼食う虫たち、いや、好事家たちであった。珍説奇談を語る、〝蛇の目会〟なるものの会員なのだそうだ。こうして月に一回集まって、それぞれが持ち寄った怪しい話や滑稽話、巷を騒がす噂話などを披露し合っては見聞を広げる寄合らしい。

ひと昔前には、読本作者を中心に、やはり珍説奇談を語る〝兎園会〟という寄合があった。そこで披露された小咄の数々は兎園小説の名で本集十二巻、さらに外集や余録などが九巻ほど編まれており、江戸の人々にも広く知られている。

蛇の目会は、この兎園会を真似て結成されたのだと言う。

音頭を取っているのは浅草御蔵前片町にある札差のご隠居、上総屋辰右衛門だ。札差は旗本や御家人相手に蔵米を仲介する御用商人だけあって、どこもみな桁外れに羽振りがいい。雁弥いわく、上総屋のご隠居さんはわたしのご贔屓さんの中でいっち大尽なんですよ、とのことだった。

そんな酔狂かつ豪勢な寄合に、なぜ、好事家でもない宗太郎が顔を出しているのかというと、まんまと雁弥に丸めこまれてしまったからに他ならない。

『上総屋のご隠居さんが、寄合に華を添えてほしいそうなんです』

『にぎやかしなら断る』

『そう言わずに、わたしの顔を立てると思って頼みますよ。猫先生は座っていてくれるだけでいいですからね』

『それがしは猫先生ではない』

『間違えました、猫先生は〝愛想よく〟座っていてくれるだけでいいですからね』

『ぬ。それでは、それがしが愛想のないように聞こえるではないか』

『そう聞こえるように言ったんですよ。猫先生は愛嬌のある姿とは裏腹に、愛想がなくていけません』

心外である。奇妙奇天烈な白猫姿は業の深さの表れであって、決して愛嬌などというふざけたものではないのだ。

というような押し問答はあったものの、結局は押し切られて、今夜に至るというわけだ。雁弥は、毎度、ロクな依頼を持って来ない。

そのあたりについては愚痴り出すと長くなるので、また別の折にするとして、今は蛇の日会の座敷に話を戻そう。

「お耳汚しをいたしました」

と、雁弥はぷんと甘い香りのする鬢（びん）を小指の先でかきながら、照れ笑いを浮かべていた。洒落者（しゃれもの）の雁弥は、〝花の露〟という高価な髪油を使っている。

「やっぱり、わたしのような若輩者の小咄では、みなみなさまを楽しませることはできそうにもありませんね」

「いやいや、雁弥、さすがは役者だね。語るというよりは、演じるような話しぶりに、つい引きこまれてしまったよ」

辰右衛門が孫を見守る好々爺（こうこうや）のような顔で、言った。

「ええ、前座にふさわしい一席でございましたね。何しろ、あたしたちには話芸がございませんでしょう。せっかくのおもしろい話も、ええ、つっかえつっかえ語っているうちに、えらくつまらなく聞こえたりするものでございますよ」

と、これは煙管（キセル）を片手に色男を気取っている台の物屋の放蕩（ほうとう）息子。

「そこに酒が入っていたりするとね、もうね、こうね、呂律（ろれつ）も回らなくなってね、いよいよいけないったらないね」

紫根（しこん）問屋のご隠居はすでに酒が入っているようで、目のまわりがほんのり赤かった。

「それはそれで、笑いは取れますけれどもね」

出っ歯が光る米問屋の若旦那がからかうと、すかさず、公儀の表右筆（おもてゆうひつ）を務めるという瘦せぎすの国学者が切り返す。

「おや、蛇の目会は、いつから笑いを取る会になったんでしょう？」

ハハッハ、という七人のお大尽客の陽気な笑い声が二階座敷いっぱいに広がった。

さすがは雁弥、そつがない。出しゃばり過ぎず、出くすみ過ぎず、にぎやかしとはこういうことを求められているのか、と宗太郎は舌を巻いたものだ。

近ごろの猫の手屋はそれなりに繁盛しており、また不本意ながら、猫神だなんだと持ち上げられていることもあって、鼠（ねずみ）退治や障子の張り替え、井戸さらいといった〝猫の手〟を貸す依頼ばかりでなく、書画会や月並会などににぎやかしとして呼ばれることが多くなっていた。

そのたびに口下手（くちべた）な宗太郎は下座を陣取って、ひたすら借りて来た猫になる。拝まれたり、泡雪（あわゆき）の毛皮を撫（な）でられたりするのを、静かに座して耐え忍ぶ。

今夜も辰右衛門から再三にわたって上座を勧められたのだが、丁重に断った。なるべく隅っこで、借りて来た猫になっていたかったからだ。

「猫先生、猫の額にシワを寄せないで」

不意に、隣に座る雁弥にしっぽを引っ張られた。

「よさないか。しっぽは引っ張るものではないと、いつも言っているであろう」

「じゃあ、コレ、なんのために生えているんですか？」

「雑草でも生えているみたいに言うな」

宗太郎は決して猫ではないが、見た目においては限りなく白猫なので、長くひんなりしたしっぽで畳を叩くことで不愉快さを伝えようとした。

ところが、それをひょいと跨ぐ者がいた。高足膳を手にする年配の女中だ。

しっぽをまたぐとは不届き千万！

ますます不愉快さを募らせた宗太郎だったが、女中がにこにこと笑いかけてくるのを見ていたら、もしかすると、今のは踏まないように気を使ってくれていたのではなかろうかと思えてきた。

以前、眠るときや座るときは、人に踏まれないようにしっぽは身体に巻きつけるべしと、日本橋堀留町をシマにする白黒ぶち猫の折り紙に教えてもらったことがある。だとするならば、今のは不作法に動かし続けていた、おのれが悪い。

宗太郎は軽く咳払いをしてから、そっとしっぽを身体に添わせた。

そうこうしている間に、蛇の目会の七人とにぎやかしのふたりの前には、旬の食材をふんだんに使った本膳料理が並べられていた。

「さぁて、まずは腹ごしらえといこうかね」

辰右衛門のひと声で八間に火が灯り、薄暗かった二階座敷が一気に華やいだ宴席と化していった。蛇の目会の目的は珍説奇談で見聞を広げることだが、どうやら、うまい料理で胃の腑をふくらますことにも重きを置いているようだった。

名の知られた料亭だけあって、料理はどれも腹と背中がひっくり返るんじゃないかと心配になるほどにおいしかった。

宗太郎が特に気に入ったのは、辛子酢味噌でいただく蕪骨だ。蕪骨とは鯨の頭部にある蕪に似た形の軟骨のことで、細く削ったものを干して食す。夏の捕鯨の恵みなのか、江戸では初秋を告げる珍味として知られていた。

雁弥はコリコリした歯応えが気持ち悪いと言って残していたが、宗太郎は白猫姿になってからというもの、ときどき、無性に歯がかゆく感じられることがあるため、そのコリコリがちょうどいい食感に思えた。

ほかにも、小鴨、初茸、鯛のすり流しなど、秋らしさを感じさせる煮物や汁物に存分に舌鼓を打った。いっそのこと、もうここでお開きになってもいいような気がしてきたところで、にわかにまた座敷が薄暗くなっていく。

「では、ご一同。舌の肥やしをいただいたあとは、耳の肥やしをちょうだいするとしようかね」

辰右衛門のもって回った言いぶりに、七人のお大尽客が静まり返る。

「まずは、わたしの小咄から聞いてもらうよ」

ここからが、蛇の目会の本番であった。

粋な十徳を羽織る上総屋辰右衛門が、語る。

「むかしから、まれに死者がよみがえったなんて話があるけれどね、ああいうのはよみがえったんじゃなくて、はなっから死んじゃいなかったんじゃないだろうかね。それというのはね、うちの奉公人に秩父大宮郷の出の者がいてね、あのあたりの村で疱瘡神が大暴れをしたとき、病がうつるのを恐れた父親が、まだ息のある幼子を武州の山深くに捨てたことがあったそうなんだよ。ひどい親だろう、信じられないだろう。でもね、もっと信じられないことに、数日経ってから、その子どもが病に打ち勝って山から村へ帰って来たって言うじゃないか。村人たちは死者がよみがえったって、そりゃもう大騒ぎになったそうで……」

紫根問屋のご隠居が酒をなみなみ注いだ猪口を片手に、語る。

「えー、続いてはね、わたしからね。どちらさんのところでも、女房というのはおっかないものだと思うんだけどね、もうね、うちのはおっかないの、おっかなくないの、あたしは婿養子だから墓に入っても女房には頭が上がらないってね。やだね、話が逸れたね。あー、これはね、うちに出入りしている蠟燭の流れ買いから聞いた寝肥の話でね、みなさんは寝肥は知っているだろうね？　そう、夜ごと身体がぶくぶくでっかくなって、雷みたいないびきをかいて寝る女の妖怪のことで……」

筆墨硯問屋の大旦那が目鏡をいじりながら、語る。

「先ほど、あたしは『親孝行でござい』という物乞いの話をしましたがね、雁弥の小咄を聞いていて、もうひとつ別に思い出したことがあるので聞いていただきましょう。ねこう院の托鉢僧は猫の目鬘を着けていたそうですが、吊り目や涙目、はたまた役者に似せた目鬘などを着けて百面相をしてみせる『百眼』という演芸を、みなさんは見たことがありますかね？　お若い方はなんのことやらとお思いかもしれませんが、少し前には噺家の三笑亭一門に名人がいて……」

公儀の表右筆を務める国学者が姿勢よく、語る。

「それがしからは、同僚の小沼垣新之助について聞いてもらいましょう。表右筆と申しますと、筆より重いものを持ったことがないなどと揶揄されることが間々ありますが、それがしたちが扱うのはご公儀が発給する判物や印判状といった公文書ですので、ひと筆の重みは決して軽くはないと自負しております。そうした中にあって、この小沼垣、何を書かせても金釘流という不調法者なのですが、左手に筆を持ち替えた途端、これが見事な絵を描き出しまして……」

蛇の目会でもっとも若輩の台の物屋の放蕩息子が、語る。

「台の物とは、その名のとおり、台に載せた料理のことでございまして、みなさまご承知のように、台の物屋とは吉原で台の物の仕出しを一手に請け負う商いのことでございます。ええ、吉原というところは万事につけて派手なはったりが好まれますからね、台はもっぱら朱塗りの卓袱台で、形のいい鯛の姿焼きなんてものを載せてお運びするのが定石となってございます。ところで、先日、元錺職人という変わり種の料理人を雇うことになりましてね、ええ、これが真桑瓜におめでたい鶴や亀を彫ることを得意としていまして……」

米問屋の若旦那が出っ歯を湿らせて、語る。

「みなさまは、出先で何度も同じ御仁に出くわしたことがありますでしょうか？　まったくの赤の他人に三度も出くわせば、少々気味が悪くなるものです。その御仁というのは、小ぎれいな身なりからして、お旗本かとお見受けするお武家さまでした。まずは朝方に手前どもの店がある日本橋大伝馬町で、次は昼前に柳原通りで、夕暮れどきには浅草御門手前の郡代屋敷そばで、いずれもいやに青白い顔をして歩いておりましたので、ついつい目で追ってしまった次第です。この話をうちの番頭にしましたら、それは影の病を患っている御仁ではないかと言われて、ますます気味が悪くなりました。そうです、魂が影になって身体がふらふらと離れてしまう病のことで……」

こんにゃく芋が、語る。もとい、仏具屋の大旦那が、語る。

「これはうちのお客さまの、まぁねぇ、屋号は伏せさせてもらいますがねぇ、とある大店のお内儀さんのお話になります。このお内儀さん、奉公人や、その身内が亡くなったときにも手厚いご供養をなさる、よくできたお人でございましてねぇ。ところが、ぽっくりとご亭主が先立ったときには、ご位牌も盆提灯もいらないとおっしゃって吝嗇を決めこみなさったんですよ。どうやらねぇ、ご亭主は生前、死んだヤツに金子をかけてどうするんだいって、いっつもお内儀さんにチクチク言っていたそうで……」

二

リィリリリ、リィリリリ。

階下のさんざめきに雑じって、料亭の中庭からはコオロギの鳴き声がしきりに聞こえていた。秋である。

そうした秋の夜長の無聊をかこつのに、蛇の目会はちょうどいい寄合だった。

浅草寺の鐘がまもなく夜四つ（午後十時ごろ）を告げようかという刻限になったころ、ようやく七人すべての小咄が出そろった。

「いやはや、今夜も聞き応えのあるネタがそろっていたね」

「誰かに話したくなる小咄ばかりでしたねぇ」

「よきかな、よきかな」

それぞれが和やかに感想を述べ合っていると、頃合いを見計らったように、女中が煎茶を運んで来た。小咄の披露で喉が渇いているであろう客たちへ、料理屋からのさりげない気遣いだった。

何を語ったわけでもないのに宗太郎もカラカラに喉が渇いていたので、さっそく湯呑みを手に取ったものの、熱くてすするどころではなかった。猫舌とは不便である。

茶が冷めるのを待ちながら、宗太郎は今ほど聞いた小咄の数々を思い返してみた。珍説奇談を語る会などと大仰なことは言っても、中にはただの世間話にすぎないものもあり、それはそれで思いがけず退屈することなく話に聞き入ってしまった。

「いやぁ、どれもこれも興味深い小咄で感服いたしました。上総屋のご隠居さん、今夜はお誘いいただきまして、ありがとうございました」

愛想よく礼を言うのは宗太郎、ではなく、隣に座る雁弥だ。

宗太郎は、白い眼(め)で雁弥を見た。知っているぞ、そこもと、途中で飽きて何度も舟を漕(こ)いでいたであろう。それなのに、よくぞしれっとお追従(ついしょう)を口にできる。

やはり胡散臭い男だと呆(あき)れていると、

「ときに、猫先生」

と、上座の上総屋辰右衛門に声をかけられた。

「それがしは猫先生ではありませんが、なんでしょう？」

「恐れ多いことと承知の上で、お頼み申しあげます。せっかくですので、今夜のトリに、猫先生のありがたい説法をお聞かせ願えないでしょうか？」

「なんと？」

「猫神さまの教えのようなものがあれば、ぜひとも」

「それがしは猫神さまでもありませんので、あいにく説法の類とは縁がなく」

宗太郎がすげなく断ると、雁弥にまたしてもしっぽを引っ張られる。

「猫先生、これでお開きなんですから、白けるようなことは言わないでくださいよ」

「つまらん小咄をするほうが、よほど白けるであろう」

「ネタなんんか、なんだっていいんですよ。歩く珍説奇談の化け猫先生が語ることに意味があるんですから」

「誰が歩く珍説奇談か」

誰が化け猫先生か。

小声で言い合うふたりを、辰右衛門はにこやかに笑って見つめていた。

ちらりと座敷内をうかがえば、蛇の目会の会員がそろって宗太郎に注目していた。みな一様に目を輝かせて、ありがたい説法を待っているようだった。

これはまずい。ここで語らずに逃げれば負け犬ならぬ〝負け猫〟と、これから蛇の目会の寄合があるたびに笑われることになりそうだ。

「猫先生、なんでもいいですから。早く、早く」

雁弥に急き立てられ、ここ最近、それがしは何かおかしな出来事を見聞きしたであろうかと懸命に考える。

思えば、ちょうど一年前に猫股の白闇と出会ってからの毎日は、数珠つなぎにおかしなことばかりが起きていると言っていい。だいたい、ただの人であったのに、一夜にして全身が業の深い白猫姿に変じてしまったこと自体が底抜けにおかしな話である。

雁弥の言うとおり、おのれが歩く珍説奇談であることは否定できないが、認めたくもなかった。

今夜ここで、しっぽが二股に裂けた猫股との因縁を語って聞かせれば、

『猫の祟りよ、あなおそろしや！』

と、好事家の七人のことだから大いに盛り上がり、宗太郎はにぎやかしとして十分すぎるほどの働きをしたことになるのだろう。

しかし、言ってどうなる。人はみな、大なり小なり触れてほしくない大人の事情を抱えて生きている。それに、これは祟りなどでもない。

「もののふのけじめを付けるべく、道義をわきまえたのである」

思案橋から、すべては始まった。生酔いの上の粗相ではあっても、償いはしなければならない。あやまって済むなら奉行所はいらないのだ。

「ぬ。そうそう、思案橋と言えば」

ここで、ふと思い出したことがあって、宗太郎はひげ袋をふくらませた。

思案橋とは、江戸橋近くの堀割に架かる古い橋のことだ。むかし、この界隈にまだ芝居町と吉原があったころに、お大尽客たちがどちらへ遊びに出かけようかと橋の上で思案したことから、その名があると言われている。

その思案橋で、先日、一風変わった老人に出会った。

あの橋は、ひょっとすると、妖怪の類を寄せつける場所なのかもしれない。

もってこいの怪しい小咄を思いついて、宗太郎はひげを風車のように揺らした。

「えー、それでは、少しばかり長い話にはなりますが、それがしが夏の終わりに出くわした一風変わった老人について聞いていただきましょう」

冷めた煎茶を一気に飲み干して、宗太郎はぼそぼそとしゃべり出すのだった。


奇妙奇天烈な白猫姿の宗太郎が、語る。

「朝晩の風に秋色が感じられるようになった、ある晩のことでした。それがし、とある書画会で猫の手を貸すことになり、平たく言いますと、にぎやかしに呼ばれて深川佐賀町の小料理屋におりました。書画会は大いに盛り上がりまして、急ぎ足で帰らなければ町木戸が閉まってしまう刻限となって、ようやくお開きを迎えることとなりました。それがしの住まいは日本橋長谷川町ですので、深川佐賀町からは永代橋を渡ることになります。さらに日本橋小網町を突っ切り、左手に思案橋が見えてきたときのこと、枯れ枝のようにやせ細った老人が灯りも持たずにたたずんでいるのが目に留まりました。いささか怪しくはありましたが、刻限が刻限ですので、見て見ぬふりもできず……」

＊

月の明るい夜だった。

宗太郎は深川佐賀町の小料理屋で借りたぶら提灯を片手に、黙々と長谷川町目指して歩を速めていた。左手には日本橋川に架かる江戸橋と、その奥の魚河岸に建ち並ぶ白壁の土蔵が、月明かりを浴びてくっきりはっきりと見て取ることができた。

川面から吹き上がる夜風は、思いがけず涼しかった。

仔猫の田楽と慌ただしく過ごした夏が終わり、秋がやって来ようとしていた。

「田楽は元気であろうか……」

黒とも言えず、茶とも赤とも言えない、なんとも微妙な錆び色の毛皮をした仔猫。

縁あって、しばらく面倒を見ていたが、今は深川海辺大工町の刀剣屋一丸屋でかわいがられながら、目の不自由なお絹坊に〝猫の目〟を貸していることだろう。

物寂しい夜風のせいか、柄にもなく切ない気持ちに襲われた宗太郎は、空っぽの懐に片手を入れて長谷川町へと急いだ。

と、そのとき、思案橋の方向から小さなくしゃみの声が聞こえてきた。

「はて？」

宗太郎がぶら提灯を掲げてみると、柳の揺れる橋のたもとに、枯れ枝のようにやせ細った老人が灯りも持たずに川面を見つめている背中が浮かび上がった。

細い髷を結う髪は真っ白で、小柄な身体は木綿の単衣を一枚身にまとっただけという、見るからに寒そうな出で立ちをしていた。そりゃあ、くしゃみも出よう。

『柳の下の幽霊』という言葉があるくらいだから、臆病者なら悲鳴をあげて逃げ出してもおかしくない場面だったが、宗太郎は最近になってようやく妖怪の存在こそ認めるようになったものの、幽霊についてはいまだ信じてはいなかった。

死者とは、押しなべて極楽浄土へ行くものである。ただし、悪行を重ねた者は地獄へ落ちる。だからこそ、人は清廉潔白に生きなければならない。

という考えがあるので、宗太郎は何を恐れるでもなく、当たり前のように老人の背中に近づいて行った。念のために足があるかをチラリと確認してみたが、ちゃんと草履を履いていた。やはり、この世に幽霊などいるわけがない。

「もうし、ご老人。こんな時分に、こんなところで何をしておられるのですか？」

「おおう？」

「ご気分がすぐれないのですか？」

振り返った老人は宗太郎の業の深い姿に気づくなり、左右に平べったく離れた目を大きく見開いた。

さもありなん。宗太郎を初めて見た人の反応は、ざっくり分けてふたつある。猫好きであれば『国芳の錦絵から抜け出たよう』と、こちらが鼻白むほどの喜びようで肉球に触ってくる。反対に、猫を苦手にする者からは『化け猫！』と叫ばれて、腰を抜かされる。今回は、おそらく後者なのだろう。

「どうぞ、落ち着いて。それがしの風体はさておき、怪しい者ではありません」

宗太郎はなだめるように毛深い両腕を伸ばして、一歩後ろに退がった。老人が足を滑らせて川にでも落ちたら、それこそ一大事だと思ったからだ。

しかし、意外なことに、

「こりゃどうも、あなたさんが迎えですかい？」

と、老人はすぐに人懐っこい笑顔を浮かべて距離を詰めてきた。

「は？」

「あたしはここでね、迎えの駕籠を待っているんですわ」

「駕籠？」

「猫のお武家さまは、駕籠かきの内職をなさっているんですかい？」

「それがしは猫の武士ではなく、ただの武士です。駕籠かきの内職はしていませんが、猫の手屋という、よろず請け負い稼業をしています」

「ほうほう、猫にもいろんな稼業があるんですね」

「いえ、それがしは猫ではありません」

「あなたさんが駕籠かきでないとすると、迎えが遅れているのかもしれませんね。まぁ、急ぐもんじゃありませんから、いいですけれどもね」

宗太郎は首をひねった。夜分に老人ひとりで駕籠に乗って、どこへ行こうとしているのであろう？

「これからお出かけなのですか？　それとも、お帰りですか？」

「はぁ？」

「これからお出かけなのですか？　それとも、お帰りですか？」

「はぁ？」

老人は、耳が遠いようだった。それならば、と宗太郎が息を吸ってより大きな声を出そうとしたとき、

「あっちへ向かいます」

と、老人が筋張った手で一方向を指差して言った。

「聞こえていたのか」

宗太郎は小声でぼやいて、あっち、の方向へぶら提灯の灯りを送った。

そこは日本橋川を渡った対岸の、江戸橋広小路付近だった。

「あちらの方向となると、八丁堀に御用ですか？」

「いんや、そんなおっかないところじゃなく、もっと西ですわ。その前に、あちこち寄らにゃなりませんけれどもね」

「あちこち？　ですが、間もなく夜四つの鐘が鳴りましょう。町木戸が閉まってしまいます」

「それでいいんです。町が寝静まったあとの方が、何かと具合がいいってなもんで」

どう具合がいいのであろう？

江戸の町で夜更けに往来を行き来するのは、産婆か夜盗ぐらいなものだ。産婆は妊婦が産気づいたら昼も夜もなく駆けつける仕事なので、町木戸が閉まったあとでも問答無用で行き来が許される。そのあたりは、番太郎たちも心得ていた。

この老人は産婆ではない。では、夜盗かというと、それはそれでなんの道具も持っていないように見えた。

「へっくしょん」

「そのような格好で夜歩きしては、風邪（かぜ）をひきますよ」

「風邪ならもうひいているんですわ、夏風邪をこじらせちまいましてね」

「では、なおのこと、何か羽織って出直されるべきです」

「人間、生まれるときにべべを着てますかい？」

微妙に、会話が嚙（か）み合わない。

では、それがしは先を急ぎますので失礼。

そう言って、この場から立ち去った方がよさそうだった。あまり深入りすると、面倒くさいことに猫の手を突っこむ、いやいや、猫の首を突っこむハメになるだけだ。

頭ではそうとわかっているのに、宗太郎はなかなか老人のそばから立ち去ることができなかった。

「ご老人、ひとまず、お住まいまでお送りしましょう。この刻限ですと、駕籠を待っていても来ないかもしれません」

「やはり、あなたさんが迎えでしたかい？」

「いや、それがしは……」

否定しかけたとき、北から思案橋へ向かってやって来る黒い影が見えた。

「ぬ、あれは？」

静かな夜の町に、へんてこな掛け声が響く。

「にゃっほ、にゃっほ」

「にゃっほ、にゃっほ」

どうやら、黒い影は二人組のようだった。

「にゃっほ、にゃっほ」

「にゃっほ、にゃっほ」

さらにへんてこなことには、掛け声はどんどん近づいているのに、地面を蹴る足音がまったく聞こえてこなかった。

　宗太郎はぶら提灯を掲げて、近づく黒い影に目を凝らした。

「あれは、駕籠か？」

「おおう、やっと迎えが来たようですわ」

　柳の下にひょっくりとあらわれたのは、確かに一挺の駕籠だった。

　武家が乗る引き戸付きの駕籠は『乗物』と呼ばれる格式の高いものだが、庶民がこうして辻で拾って乗る『辻駕籠』『町駕籠』は、四方を網代で覆っただけの簡素な四つ手駕籠だ。屋根の下に竹の棒の轅が突き抜けていて、ふたり一組で担ぐ。

「お待たせしました、寝子屋です」

「寝子屋です、お待たせしました」

　威勢よく言って、ふたりの駕籠かきが老人の前で四つ手駕籠を地面に下ろした。

　それぞれに編み笠をかぶり、ひとりは鯖色の、もうひとりは雉色の毛深い胴に『ね』の字を白く染め抜いた紺色の腹掛けをしていた。

　ふたり並んで毛深い手で編み笠を脱ぐと、似たような毛深い顔がのぞく。三つ鱗の形をした耳、ひょこひょこと動く松葉に似たひげ、しっぽりと濡れた鼻。

　駕籠かきは二本脚で立つ鯖猫と、雉猫だった。

「そこもとら、猫股か！」

すかさず、宗太郎は老人を背中にかばって叫んだ。鯖猫も雉猫も、見事にしっぽが二股に裂けていた。

「おや、お前さまは？　二本脚で立っていニャさるということは、猫股のお武家さまですか？」

問いながら、鯖猫は興味深そうに宗太郎の体軀を上から下までながめ見た。

「それがしは猫股の武士ではない、ただの武士である」

宗太郎が胸を張って言い返すと、雉猫が鯖猫に耳打ちする。

「兄者、あちらさまは二本脚で立っているというだけで、しっぽがまだ裂けていませんよ。ただの猫ニャのでは？」

「そうですか、ただの猫のお武家さまですか」

「ただの猫の武士ではない」

ただはただでも、それがしは正真正銘のただの武士である。

ふん、と鼻息荒く、宗太郎は腰の二本差しを突き出して見せた。

「こりゃこりゃ、おんなじ猫同士ではありませんかい。ケンカはおよしなさいな」

老人の的外れな仲裁に、宗太郎はきっちりと言い直しておく。

「猫同士ではありません」

「おかしいですねぇ、毛皮の色が違うだけで見た目はおんなじじゃないですかい」

鯖猫と雉猫も、宗太郎と同じく人並みの背格好をしていた。

しかし、驚くことなかれ、猫股は身体の大きさを自在に変えられるのだ。前に、日ごろは小さな黒猫姿の白闇が、宗太郎と同じ目線までむくむくと大きくなったのを見たことがある。

「ご老人、お気をつけなされ。猫股は人をたばかります」

「猫のお武家さま、お言葉ですが、手前どもは猫股ではありません」

今度は雉猫の方が、宗太郎の言葉を否定した。

「猫股ではない？　しかし、そこもとらはしっぽが裂けているではないか」

宗太郎は金色の目で、駕籠かきたちの尻に生えている長くひんなりした二股のしっぽをにらんだ。

「風体は限りなく猫股ですが、手前どもは職猫(しょくねこ)です」

「職猫？」

「はい。猫股はニャにをするでもなく、日がニャ一日、暇を持て余しているだけの妖怪ですが、手前どもは、この猫の手に職を持っています。〝寝〟る〝子〟と書いて寝子屋という、駕籠屋をやっています」

「猫が、駕籠屋を？」

つまり、猫の職人と言いたいらしい。

「しかし、その姿で猫股でないと言われても信じられん」

「その台詞、そっくりそのままお返しいたします。そのお姿で猫ではニャいと言われましても、信じられません」

「ぬぬっ」

痛いところを突かれて、宗太郎は返す言葉もなかった。見た目で判断されるのは不愉快なことだと、日ごろ、身をもって痛感しているはずだった。

「ふむ、それもそうであるな。それがしは猫の手屋宗太郎、訳あって猫の手を貸す、よろず請け負い稼業をしている」

「ほほう、猫の手をお貸しに。では、お前さまも職猫ニャのですね？」

「いや、職猫ではないが」

「手前は寝子屋鉄蔵です」

鯖猫が、深々と頭を下げた。

「わたしは兄者の相棒の、寝子屋六郎です」

雉猫も、同じように頭を下げた。

ずいぶんと礼儀正しい職猫たちだ。いつも人を食ったような態度でニヤニヤと笑っている、どこぞの猫股とは大違いである。

猫の手に職があるか、ないか、それが猫股と職猫の線引きなのだとして、どちらも猫の妖怪であることには間違いないようだった。

なぜなら、職猫たちは当たり前のように人語を話しているからだ。これが並の猫ならば、ニャーニャー、と鳴くだけで会話にはならない。

「手前どものことは、テツとロクとお呼びください」

「う、うむ。では、それがしのことは宗太郎……、ソウと呼んでもらおうか」

「猫の手屋のソウさまですね。以後、お見知りおきを」

しっぽをピンと立てる、三匹の猫。

一見して、そんな風にも見える光景を横目に、老人はいそいそと網代をめくり上げて駕籠に乗りこもうとしていた。

「猫さんたち、仲直りできたのなら、さっそく出立しませんですかい？」

それがしは猫ではありません。

と、宗太郎は律儀に否定しようとしたが、鯖猫のテツが職人の顔で、いやいや、職猫の顔になって言う。

「これは、お珍しい。たいていのお客人は愚図愚図しニャさるものですのに」

「そりゃ往生際の悪い客ですわ」

「ええ、まさしくそのとおりです」

「あたしはせっかちなんでね。それに、向こうに嬶ァを待たせてあるんですわ」

「そういうことでしたら、お早いお着きがよろしいですね。では、まずはどちらまで走りましょう?」

「すぐ近くの、小船町一丁目の米問屋喜多屋さんまでお頼みします」

「わかりました」

テツが手にしていた編み笠をかぶって、雉猫のロクを促した。

「ロク、支度はいいですか?」

「いつでもどうぞ、兄者」

ロクも編み笠をかぶると、阿吽の呼吸で轅の下に肩を入れた。

そして、息の合ったふたりが軽々と老人を乗せた駕籠を担ぎ上げたので、

「あっと。ご一行、待たれよ」

と、宗太郎はとっさに呼び止めていた。

なんとなく、このままここで一行と別れてはいけないような気がしたからだ。

こんな夜分に、あんな薄着で駕籠に乗ろうとする老人を放ってはおけない。寝子屋の駕籠かき二匹の働きぶりにも、興味があった。

「なんですかな、その、もう少し……」

宗太郎が歯切れ悪く言い訳を探していると、駕籠の中からくしゃみが聞こえた。チー

ン、と洟をかむ音もする。と思ったら、老人が網代の隙間から顔をのぞかせて、
「どうですかい？　せっかくなんで、猫の手屋さんも一緒に来なさるかい？」

そう言ったときの鼻の下には、青っ洟が付いていた。

「ご老人、洟が」

「はぁ？」

「洟が」

「はぁ？」

ときどき、老人は耳が遠くなるらしい。

「猫の手屋さんも一緒に来なさるかい？」

もう一度訊かれたので、即答する。

「はい、ぜひとも」

しかし、生真面目な性分らしいテツが難色を示した。

「お待ちください、お客人。勝手をされては困ります」

「なぁに、旅は道連れ、仲間は多い方が楽しいでしょう」

「道連れにされる方は、はニャはだ迷惑千万かと」

「はぁ？」

「道連れにされる方は」

「はぁ？」

テツが黙りこんだので、宗太郎は座を取りなすように言った。

「テツ。迷惑ということはないので、それがしも同行してもよろしいか？」

早い話が、宗太郎は老人にお節介を焼きたいと思ったのだ。

「さても、物好きニャ猫のお武家さまだこと」

と、ロクは呆れていた。猫の、は余計だ。

「わかりました。お客人と猫の手屋のソウさまがよろしいのであれば、手前どもはもうニャにも言いません」

「かたじけない。少し同行したら気が済むので、仕事の邪魔をしないよう、それがしは頃合いを見計らって長屋へ帰るとしよう」

「そうですか、ニャにごともニャく帰れるといいですね」

そう言って、テツがニヤッと笑った。ような気がしたのだが、編み笠が毛深い顔いっぱいに濃い影を落としていたため、しかとは見えなかった。

「猫の手屋のソウさま。ご同行ニャさるのでしたら、こちらのコレをどうぞお使いくださいましよ」

どこから取り出したのか、コレ、とロクが差し出したのは編み笠だった。正面に当たる部分に、腹掛け同様の『ね』の字が書かれている。先ほどは気づかなかったが、二匹のかぶる編み笠にも文字があった。

「そこもとらがかぶっているのと同じであるな。そろいの編み笠か？」

「はい。寝子屋の、ねの字の編み笠です。道中、ゆめゆめ、お脱ぎニャさらぬようにお頼みいたしますよ」

　心なしか、ロクもまた、ひげ袋の下の口もとに笑みを浮かべているように見えた。猫は妖怪になると、猫股でも職猫でも笑うものなのであろうか？

「では、ご一同方、出立するといたしましょう」

　駕籠の前を担うテツが改めて促すと、後ろを任されているロクが頼もしく応じる。

「はい、ご一同方、出立いたしましょう」

　そして、二匹が同時に力強く走り出した。

「にゃっほ、にゃっほ」

「にゃっほ、にゃっほ」

　やはり、足音は聞こえなかった。テツもロクも草鞋（わらじ）を履いていないため、肉球が地面を蹴る音を消しているのだろう。

　宗太郎はねの字の編み笠をしっかりとかぶり、慌てて一行のあとを追った。

　おのれの足音だけが夜空に響く中、一行がまず目指すのは、小船町一丁目の米問屋喜多屋だった。

「にゃっほ、にゃっほ」

「にゃっほ、にゃっほ」

へんてこな掛け声は威勢がいいだけで、寝子屋の駕籠かきたちの足は拍子抜けするほどに遅かった。四つん這いでならいざ知らず、妖怪といえども所詮は猫なので、二本脚になると無茶が利かないのかもしれない。

さて、思案橋から米問屋喜多屋のある小船町一丁目へは、北へわずか三町程度の距離である。昼ならば難なく行き来できようが、先ほど、とうとう夜四つの鐘が鳴ってしまっていた。

「町木戸ごとに番太郎を起こして、脇の潜り戸を開けてもらわなければなるまいな」

寝子屋のお手並み拝見といったところだった。

町木戸は背の高い柱に幅二間ほどの両開きの扉が付いていて、夜四つから明け六つまでは閂がかけられて通行ができない。

「にゃっほ、にゃっほ」

「にゃっほ、にゃっほ」

それなのに、町木戸に差しかかっても、二匹は歩を緩めようとはしなかった。

「にゃっほ、にゃっほ」

「にゃっほ、にゃっほ」

それどころか、体当たりで突破しようとしているのは火を見るよりも明らかで、

「テツ、ロク！　何をしている、町木戸にぶつかるぞ！」

宗太郎はぶら提灯を握る手を伸ばして、叫んだ。

と同時に、それは起きた。

一行が煙にでもなったみたいに、町木戸をすり抜けていたのだ。

「にゃんと……！」

いやいや、なんと……！

「にゃっほ、にゃっほ」

「にゃっほ、にゃっほ」

へんてこな掛け声は、今や閂の掛かっている扉の向こう側から聞こえていた。

宗太郎が動けずにいると、寝子屋の駕籠かき二匹が脚を止めて振り返った。

「おや、猫の手屋のソウさま、いかがニャさいましたか？　あまり遅れニャいようにお願いいたします」

テツが事もなげに言うので、宗太郎は金色の目をひん剝いた。

「いかなる手妻か！　今、町木戸をすり抜けたではないか！」

「手妻ではありません、これも駕籠かきニャらではの職猫技です」

「そんな駕籠かきの職人技、人の世では聞いたことがないぞ！」

「猫の手屋のソウさまも、今宵は小難しいことニャく通り抜けられますよ」

ロクが招き猫のような手をして、さぁさぁ、と急き立てる。

「お早くおいでくださいまし」

「それがしは職猫ではないので、そうした職猫技は持ち合わせてはおらん」

「ですから、そのねの字の編み笠があるのではニャいですか」

「なぬ？　この編み笠が？」

「猫につままれたと思って、さぁさぁ、どうぞこちらへ」

それを言うなら、狐であろう。

「猫の手屋さん、何をしておいでで？」

網代の隙間から顔をのぞかせた老人までもが、宗太郎をせっついてくる。

「愚図はいただけませんねぇ」

「それがご老人、今、駕籠が町木戸をすり抜けまして」

「はぁ？」

「今、駕籠が町木戸を」

「はぁ？」

また、これか。

宗太郎はあずき色の肉球のある手で、ねの字の編み笠をつつっと撫でてみた。

どこの番小屋でも売っていそうな一蓋に思えるが、これをかぶっていると、煙にでもなったみたいに町木戸をすり抜けられるとでも言うのか……。

「ひとつ、猫につままれてみるか」

考えてもらちが明かないことなら、やってみるのが手っ取り早い。開き直った宗太郎は、大股で町木戸へ向かって歩き出した。

一応、おでこをぶつける覚悟だけはしておく。

そして、歯を食いしばって、

「ふんぬ……っ」

と、町木戸へ飛びこんでみたところ、宗太郎の身体はあっさりと向こう側へ行くことができていた。

「おう、それがしにもできたか！」

目の前には、やれやれ、と首をすくめ合っているテツとロク。そして、平べったい顔でにんまりと笑っている老人。

振り返れば、町木戸越しに白塗りの土蔵と江戸橋が見えていた。

「猫の手屋のソウさま、先へ進んでもよろしいでしょうか？」

「おおう、そうであった。待たせてすまない」

テツに軽く手を上げてから、宗太郎はもう一度だけ町木戸を振り返った。

怪しくはあったが、今までもっと怪しげなことに何度も遭遇しているので、深く考えないことにした。人語をしゃべり、二本脚で歩く猫の妖怪に同行しているのだから、何が起きても動じないことだ。

「では、参りましょう」

「はい、参りましょう」

テツとロクが再び軽快に走り出す。

「にゃっほ、にゃっほ」

「にゃっほ、にゃっほ」

続く町木戸もすいすいと通り抜け、一行はあれよあれよという間に米問屋喜多屋の店前までやって来ることができた。この界隈は堀割が充実しているため、輸送の地の利がよく、特に米問屋が多く集まっていることで知られていた。

その中でも、喜多屋はずいぶんな大店だった。日中は、庇下(ひさしした)を行き交う人々でさぞ大にぎわいに違いない。老人はここの奉公人なのであろうか、それとも、これほどの大店の大旦那だとでも言い出すつもりではあるまいな。

いやもう、今夜は何が起きても驚かないようにする心の支度はできている。

テツとロクは表通りから新道に回りこみ、喜多屋の勝手口の前で駕籠を下ろした。

「お客人、着きました」

「おおう、着きましたか」

老人は年の割にすばしっこく駕籠から出ると、うーん、と両手を夜空に向けて伸びをした。枯れ枝のようにやせ細った身体がポッキリと折れてしまうのではないかと、宗太郎は気が気ではなかった。

「では、ちっくり行ってきますわ」

「あまりニャが居はされませんように」

「なぁに、すぐに片づけますとも」

釘を刺したテツに、老人は飄々と笑い返していた。

「猫の手屋さんも、一緒に来なさるかい?」

潜り戸に手を伸ばした老人が顔だけで振り向いて、誘う。

「これも何かの縁ですわ。猫の手を貸すと思って、見届けちゃくれないですかい?」

「猫の手を貸すのはやぶさかではありませんが、見届けるというのは?」

「今日という日の今夜のことを、ね」

老人が何を言わんとしているのかがわからずに宗太郎が戸惑っていると、テツが口添えをしてきた。

「ご一緒にいらしたらよろしい。手前どもは、ここで待っております」

「しかし、夜更けに、このような大店を訪うのはいかがなものか」

「問題ありません。そのねの字の編み笠さえ、お脱ぎにニャらニャければ」

他人の家屋敷で笠を脱がずにいるのは、それこそいかがなものか。

さらに迷っていると、ロクが持って回った言い方をする。

「猫の手屋のソウさま。『旅は道連れ』という言葉には、続けて、『世はニャさけ』と申しますでしょう」

「『情け』であるな」

「この世も、あの世も、ニャさけ次第ですよ」

そう言うと、ロクは腹掛けの中から煙管を取り出して、紫煙をぷかぷかと吐き出し始めた。前に白闇も、煙管で木天蓼を飲んでいたことがある。

猫は木天蓼で酔っぱらう。宗太郎は猫ではないが、木天蓼のにおいについ心惑わされそうになるので、この場を離れることにした。

「では、ご老人と一緒に参ろう」

「へへ、そうこなくっちゃ」

満足げに笑みを深めた老人が、潜り戸に伸ばしていた手を引っこめた。

どうするのかと見ていると、手で押す代わりに頭突きをするようにして、潜り戸をすり抜けて行った。

「なんと、またしても⁉」

今度は職猫技などではない、ただの老人がすり抜けたのだ。ねの字の編み笠もかぶっていない。

「一体、どういう手妻なのか！」

「お静かに、猫の手屋さん。喜多屋のみなさんが起きちまいますよ」

潜り戸の向こうから、老人が生首のように顔だけを突き出して言った。

今夜は何が起きても驚かないようにする心の支度はできているつもりだったが、これにはたまげずにはいられなかった。

怪談だ。幽霊を信じてはいない宗太郎でも、目の前のこの光景を見たら、そう叫ぶほかになかった。

「ご老人は、その……、幽霊なのですか？」

「へっくしょん」

「幽霊なのですか？」

「へっくしょん」

お静かに、と宗太郎は心の中で言い返してやった。

「で、猫の手屋さん、来るんですかい？　来ないんですかい？」

「参りますとも」

宗太郎は手にしていたぶら提灯をテツに預けると、半ばやけくそになって潜り戸に頭突きをした。

あっけなくこちらからあちらへとすり抜けると、喜多屋の台所へとつながる広い土間に立っていた。背面には心張り棒をしっかりとつっかえてある潜り戸があり、本当ならこれを外してもらわなければ中には入れないはずなのだが、それについてはもう何も言うまい。

「ねの字の編み笠とは、まこと奇妙な代物よ」

つぶやいて、宗太郎は老人をさがした。

土間はひんやりとして真っ暗だった。幸いにも宗太郎は夜目が利くので、台所の竈や水瓶などの並びがよく見えた。しかし、老人の姿はなかった。

「はて、どこへ行ったのか?」

「猫の手屋さん、こっち、こっち」

「ぬ?　どこですか、ご老人?」

「抜き足差し足で頼みますよ、今から大旦那の巳之助さんの寝所へ向かいますんで」

声のする方向をうかがうと、言った張本人は草履をぺったんぺったんと鳴らしながら、母屋へ続く廊下を歩いていた。

「ご老人、土足はまずいのでは」

「構いやしませんよ」

いやいや、ご老人は構わなくても、喜多屋が構うであろう。

そうでなくても、今のふたりは押しこみを働いているようなものなのだから、せめて礼儀と謝意をこめて履物ぐらいは脱ごうと思った。

とはいえ、土間に置きっぱなしにしておくのもまずい気がするので、宗太郎は脱いだ草履を懐に入れて、老人のあとを追いかけた。

老人はあちこちの障子をがさつに開けては中をのぞきこみ、大旦那の寝所をさがしているようだった。

「ご老人。ひとつ訊きますが、この喜多屋とご老人はどのような縁で？」

「そうですねぇ、袖振り合うも多生の縁ってやつですかねぇ」

「は？」

「おおう、ここのようですわ」

老人がひと際乱暴に障子を開いた一室で、大旦那と思われる人物が大いびきをかいて眠っていた。

「ご老人。みな寝静まっているのですから、障子の開け閉めはお静かに」

「はぁ？」

「ですから、障子の開け閉めは」

「へっくしょん」

わざとか？　間違いない、わざとであろう？

「喜多屋の者たちが起きてしまうから静かにするようにと、最初に言い出したのはご老人ではないですか」

「そんなこと言いましたかい、あたし」

「生首のようになって言っていました」

「心配はご無用ですわ。今夜は、誰もあたしには気づきません。猫の手屋さんも、その編み笠さえかぶっていれば、誰にも気づかれません」

宗太郎がやきもきするほど大きな声でしゃべりながら、老人は大旦那の枕もとにどっかりと座りこんだ。

「喜多屋巳之助さん、こんばんは」

はい、こんばんは。と、寝ている人が返事をするわけがない。

えらの張った四角い顔の大旦那は、何か食べる夢でも見ているのか、大いびきの合間に口をもごもごと動かしていた。目を覚ます気配はまったくない。

「遅くなりましたけれども、お礼行脚に参りましたよ。かれこれ二十年もむかしのことになりますかね、隅田堤で拝借した紙入れをお返しにあがりましたよ」

そう言うと、老人は懐から古い金唐革（きんからかわ）の紙入れを取り出した。紙入れとは薬や小間物など、そして、金子を入れておく財布のようなものだ。金唐革はなめし革に金泥（きんでい）で模様付けした、金持ちならではの持ち物だった。

「はぁ、やっとお返しできますわ。その節は、どうもおありがとうございました」

宗太郎も隣に座りこみ、畳に額を押しつけている老人に小声で話しかける。

「こちらの大旦那さん、ご老人に金子を貸してくださっていたんですか？」

「ありゃ、ちょうど花見の時分でした」

「借りたものを返しに来たのなら、昼間に堂々と訪れればよいものを」

「返しに来たのは、紙入れだけですからね」

「は？」

「中身は、とっくにありがたく使っちまいましたよ」

「は？」

「おや、猫の手屋さんも耳が遠いんですかい」

いやいや、耳は遠くない。耳を疑ったのである。

「ご老人。もしやとは思いますが、拝借した紙入れというのは、ひょっとして……失敬した紙入れということですか？」

「それ以外に何がありますんで？」

「失敬したというのは、つまりは……」

「そういや、まだ名乗っていませんでしたね。あたしは土竜(もぐら)の与一(よいち)、コレです」

意味深に言って、老人が右手の人差し指と高々指(たかたかゆび)を立てた。

「コレ、とは?」

「掏摸(すり)です」

「掏摸!」

「その筋では、ちっとは知られていましてね。もしかして、気づいていなかったんですかい? 不用心にもほどがありませんかい?」

宗太郎は、あいた口が塞がらなかった。その筋で知られた掏摸ならば、八丁堀が怖いのも道理だった。

念のために懐を探ってみたが、いつも忍ばせている煮干しも、先ほどしまいこんだ草履も掏(す)り取られてはいなかった。

「ご安心なさいな、猫のお侍さん相手に猫ババみたいな真似はしませんですわ」

「猫の、は余計です」

「上方(かみがた)の掏摸は剃刀(かみそり)を使うんで、巾着切りなんて呼ばれ方もしますけれどもね、江戸じゃ指しか使いません。それも、この人差し指と高々指の二本きりですわ。でもってね、粋がった掏摸ですと、一にすれ違いを装って懐中物を拝借して、二に中の金子だけを抜き取り、三でまたすれ違ったように見せかけて懐中物を返すなんてことをよくやります。ですけれどもね、あたしに言わせりゃ、そんな危なっかしい橋を渡るのは馬鹿がやることですわ。なんで、わざわざ何度も拝借人に近づくのか、石橋を叩いて渡ってこその一流ってなもんです」

宗太郎に言わせれば、掏摸そのものが大馬鹿者のすることであろう、となる。

「やることやったら、さっさと人ごみにもぐる。土竜が土にもぐるようにね」

「それで、土竜のふたつ名ですか」

「結構気に入っています、この呼ばれ方」

老人は誇らしげに笑っていた。

「ただね、あたしだって、ただもぐっているわけじゃないんですよ。拝借人のあとをそれとなく追って、素性を知っておくのも一流のたしなみですからね」

「素性を？　なんのために？」

「掏摸は、貧乏人は狙いません。金蔵に千両箱が積まれていそうなお大尽からしか拝借しないんですわ。ですからね、金子に手を付ける前に、店構えや奥向きの様子を検めなきゃならないんですよ」

それもまた、ずいぶんと手前勝手な言い分だ。

「どこの誰から掏り取ろうと、掏摸が盗人であることには変わりありません」

「いんや、あたしは盗人じゃありません。掏摸です」

「同じでしょう、他人の物を失敬しておいて盗人でないと言い張られましても」

「お言葉ですけれどもね、猫の手屋さんだって、白猫姿をしておいて猫じゃないと言い張っているじゃありませんかい」

「ぬぬっ」

「盗むのと掏り取るのとでは、大違いですわ。掏摸は誰も騙しちゃいません。血なまぐさい振る舞いもしません。何より、逃げも隠れもしませんからね」

老人が離れ目をすっと細めて、薄くなった白髪頭を指差す。

「あたしらの元結をご覧なさいな。堅気のみなさんと違って、えらく細いので結っているでしょう。これは掏摸の心意気です。あたしは掏摸ですよ、懐中物にはお気をつけなさいよ、と道行く人らに言って回っているようなもんなんですわ」

「それまた、なんのために?」

「あたしら掏摸は、腕自慢の職人なんです。八丁堀も、そのあたりはよっくわかっていらっしゃる」

老人の言うように、公事方御定書でも盗人と掏摸は区別されている。盗みは重罪だが、掏り取りは取られた方にも隙があったとみなされて刑が軽かった。

しかし、そうだからと言って、腕を自慢していいことにはならない。

「他人の金子を掏り取る所業の、何が職人か」

「あたしは余分に拝借したりはしません。どうしても入り用なときにだけ、やむにやまれずやるだけでして」

　であるから、それを手前勝手な言い分と言うのだ。

　宗太郎は老人のまったく悪びれない態度に、ふつふつと怒りを覚えた。こんな悪党の何を心配して放っておけないと思ったのか、おのれの見る目のなさを嘆いた。

「ご老人。掏摸も、盗人も、お白洲でお裁きを受けなければならないことには変わりありません。罪人が乗るのは、駕籠と言っても唐丸籠です」

　唐丸とは鶏の一品種のことで、鐘形の目籠で飼う。それに形が似ていることから、伝馬町牢屋敷から囚人を護送するときに使われるものを唐丸籠と呼んだ。

「猫の手屋さん、そうお堅いことを言わんでくださいな。あたしはね、拝借人のみなさんに、いつか紙入れだけでもきちんと返そうと思って、ずっと大切に手もとに置いておいたんですよ。それが、今夜やっと成就するんですわ」

「返すのなら、中身でしょう」

「こちらの巳之助さんはね、隅田堤で花見をしていなさったんですよ。あのころは、まだ若旦那さんでしたけれどね。ほら、隅田堤と言やぁ、花見の名所ですから、そりゃもう人でいっぱいでしてね。あたしらにとっては格好の檜舞台なんですわ」

「そのような話は、八丁堀の役人になさるといい」

宗太郎は憤然として立ち上がり、この場から出て行こうとした。石部金吉なだけに、悪党の話を聞く耳など持ち合わせていないのだ。

「お帰りで？　あたしはこのあと、まだ二軒ほど回ります。本当はね、手もとに残した紙入れはもっといっぱいあるんですけれどもね、この稼業のお目こぼしは三度までってのがお上のお達しですから、お礼行脚もとっときの三軒に絞ってみたんですわ」

「三度までとは、仏の顔のようでありますな」

「おっしゃるとおりで。盗人は十両盗めば一発で首が飛ぶところ、掏摸はいくら掏り取っても三度目までは入墨、敲き、江戸所払いってなもんで放免となりますからね」

「なぜ、一度で足を洗おうとは思わないのですか？」

「さぁて、どうしてなんでしょうね。あたしはただの一度も、お縄になったことがありませんので。だから、こうして爺ィになるまで生き長らえたわけで」

罪を犯しても、お縄になったことがない。

そう笑って話す者がいることに、宗太郎は怒りを通り越して、あきれた気持ちになった。こんな悪党をしょっ引かずに、八丁堀は何をやっているのであろう。

「猫の手屋さん、ご存じですかい？」

「何をです？」

「四度目はどうなるか」

知ったことか、と宗太郎が長くひんなりしたしっぽを強く動かしていると、

「死罪なんです」

と、老人が声をひそめて言った。

「ですからね、掏摸に爺ィはほとんどいないんですわ」

「それは、多くの掏摸が四度目のお縄で命を落としているということですかな？」

そうだとして、自業自得。なんの不憫なこともない。

「あたしは、長く生きすぎたのかもしれませんねぇ」

「悪運が強いのでしょう」

「へへ、そうかもしれませんねぇ。そういうわけで、次の二軒へも猫の手屋さんもおいでになりますよね？」

どういうわけがあるというのか、それがしはここで失礼する。

そう即答しかけた宗太郎だったが、しっぽりと濡れた鼻を舌先でペロリと舐めつつ、しばし逡巡した。

思案橋で、はじめに老人に声をかけたのは宗太郎だ。同行したいと言い出したのも、宗太郎からだった。お節介を焼きたいと思った。

一度でもそう思ったのなら、老人が堅気でも悪党でも、貸すと決めた〝猫の手〟をた

やすく引っこめるべきではないのではなかろうか？

今夜、宗太郎が出会ったのは土竜の与一という掏摸ではなく、耳の遠いひとりの老人だと思えば、おのずと取るべき道が見えて来る気がした。

「いいでしょう。これも乗りかかった船、お付き合いしましょう」

「ありがたいこって、泥船ですすんませんですね」

老人が人懐っこく笑って、すばやく立ち上がった。枯れ枝のようにやせ細った身体でありながら、身のこなしは若者にも引けを取らないものがあった。

土竜は日の光を嫌って、土の中を棲み処にする。目が見えないのでのそのそと動くように思えるが、存外すばしっこい。

老人が土竜の与一と呼ばれるのは、掏り取ったらすぐに人ごみにもぐる用心深さだけでなく、このすばしっこさからも来ているのかもしれない。

そんなことを思いながら、宗太郎は長くひんなりしたしっぽを左右にゆっくりと振るのだった。


「井丸屋佐兵衛さん、こんばんは。やっと、こうしてお礼行脚に参ることができましたよ。あれはそう、十九年前のことになりますかね。浅草鷲神社の酉の市で拝借した合財袋を、ようやっとお持ちしましたよ」

一行が次にやって来たのは、日本橋通三丁目の乾海苔問屋だった。このあたりは江戸屈指の大店がひしめき合う界隈だけあって、井丸屋もまたかなりの大店だった。

老人は佐兵衛の枕もとであぐらをかいて、すやすやと眠る顔を真上からのぞきこんでいた。並んで座りこんだ宗太郎も、つられて身を乗り出してみた。

佐兵衛は、四十がらみの苦み走った色男だった。身代よし、顔よしと来れば、さぞかしもてるに違いない。

「佐兵衛さん、色男でしょう。あたしが初めてお会いしたときは、喜多屋巳之助さんと同じで、こちらさんもまだ若旦那でしたわ。巳之助さんがおっとりとした食道楽だとしたら、佐兵衛さんは女道楽って言いますかね、いわゆる悪所通いにお忙しいお方でね。拝借した合財袋がずっしりと重くて、えらく驚いた覚えがありますわ」

話しながら、老人が懐から取り出した印伝の合財袋を畳に置いた。

合財袋はこまごました物を一切合切入れておく袋のことだが、『財』を詰めるという験を担いで、江戸では『切』の字は使わない。印伝は羊、または鹿のなめし革を色漆で装飾した非常に高価な工芸品で、金唐革同様に金持ちにしか持てない代物だった。

「あたしの組は浅草寺奥山を真ん中に、足を延ばせるあたりまでをシマにしていたもんですから」

「組？」

宗太郎は老人の問わず語りを黙って聞いているつもりだったが、耳慣れない言葉につい口をはさんでしまった。

「ああ、そうですね。ざっくり言うと、仲間ってことですかね」

「仲間？　掏摸は徒党を組むのですか？」

「いんや、親分の下に集まってはいますけれども、あたしらは慣れ合いにはなりません。掏摸って仕事は、ひとり働きですからね。ただ、運悪く拝借人に気づかれた仲間が自身番に突き出されそうになっているのを見かけたら、助鉄砲しに駆けつけたりなんてことはしますね。それが組ってなもんですわ」

「なんとも、ちょこざいな」

聞けば聞くほど、掏摸とはふてぶてしい者どもである。

「で、どこまで話しましたっけ？」

「シマの話ですかな、浅草寺奥山の」

「そうそう、それで、あたしの組は吉原でもちょくちょく仕事をしていたんですけれどもね、そりゃもう、しょっちゅう佐兵衛さんを見かけたもんですよ。所帯を持ってからも、悪所通いはやめられないようでしたね」

老人が、ちらっと目線を奥の間へ流した。そこでは、決して美人とは言えないが、愛嬌のある丸顔のお内儀が眠っていた。

「こちらのお内儀さんはね、井丸屋さんと肩を並べる大店の乾海苔問屋から嫁いで来たんですよ。佐兵衛さんより五つも年上の、姉さん女房ですわ。器量はさておき、よく気のつく働き者でね、奉公人たちからは慕われているみたいですよ。夫婦仲は、まぁ、それなりってとこでしょうかねぇ。お内儀さんにつれなくすることもないですけれども、外の女を喜ばすことの方が忙しいってぇのが情けないじゃありませんかい。お内儀さんは年上っていう引け目があるのか、文句ひとつこぼさないんですわ。佐兵衛さんも、それをいいことに好き勝手していてね」

「やけに井丸屋の奥向きに明るいのですな」

「そこはほら、身代を検めているうちに、いろいろと耳に入ってきますから」

　宗太郎は褒めたつもりも、感心したつもりもなかったが、老人は一流を気取って得意満面になっていた。

「ってなわけでしてね、お内儀さんがあんまりにも不憫なもんですから、水を差すつもりで、吉原で何度か拝借しちまいました」

　そう言うと、老人は懐から、ざっと数えても十以上はありそうな紙入れと合財袋を取り出した。

「こんなに何度もくすねていたのですか！」

「佐兵衛さんの金子はどうせ遊びに消えるものですからね、あたしが多少拝借したってバチは当たらんでしょう」

当たるであろうよ、間違いなく！

「猫の手屋さん。吉原ってとこはね、金離れがすべてなんで、持ち合わせが足りない客は大門（おおもん）を出ることが許されないんですよ。代わりに、おっかねぇ付き馬が出て行ってね、住まいやら、お店やらへ乗りこんでは、きっちり揚げ代を取り立てるんです。その間、おけらの客はどこでどうしているかってぇと、見世（みせ）の行灯部屋に押しこまれちまっているんです」

「ほう……」

と、相槌（あいづち）を打ったものの、宗太郎は吉原の遊びを知らない。それなので、付き馬がどうとか、行灯部屋がどうとか、今ひとつ意味がわかり兼ねたが、なんとなく屈辱を受けることなのだろうということだけは察しがついた。

「では、こちらの佐兵衛さんも行灯部屋へは？」

「へへ、何度も。あたしに懐中物を拝借されるたびにね」

「懲りない御仁ですな。一度掏られたら、次から用心すればよいものを」

「ご繁盛なお旦那さまにとっては、あたしら掏摸との駆け引きも遊びのように思っていなさるんでしょうよ」

それは宗太郎には、まったく理解のできない日常だった。

「暁舟先生、夜分にお邪魔しますよ」

一行が最後にやって来たのは、千代田の城の堀の外、芝神明近くの三島町にある暁舟堂という町医者のところだった。

「暁舟先生とは一回ぽっきりのご縁なんですけれどもね、その一回が、あたしのとっときになっていましてね。暁舟先生の方でも、あの日のことはよっく覚えておいでのことと思います。去年の秋、紅葉狩りでにぎわう愛宕山で懐中物を拝借したんですわ」

暁舟堂はその造りも広さも、一介の町医者の住まいには到底見えないほどに豪勢な屋敷だった。室内の調度品も、いかにも値の張りそうなものばかり並んでいるのが嫌味というか、鼻につく。さぞや、暁舟本人も派手な人となりなのだろう。

そう思って寝所に足を踏み入れた宗太郎だったが、眠っていたのは医者ならではの慈姑頭であること以外は、これと言ってなんの特徴もない影の薄そうな人物だった。

「ご老人。江戸市中の北のはずれにあたる浅草界隈から見ると、愛宕山も、ここ芝界隈も南のはずれに近い。こんなにシマから遠く離れた場所にまで、組でやって来るものなのですか？」

「いや、ここへは……ちょいとワケがありましてね、稼業は抜きにして、あたしがひとりでふらっと足を運んでいる最中に、たまたま、噂を聞いたんですよ」

「流行医者だという噂を？」

「いんや、逆です。藪だって噂です。それでいて金蔵にはがっつり金子を貯めこんでいるらしくて、裏で阿漕な金貸しをしているって、もっぱら噂になっていたんですわ」

「阿漕な、ですか」

宗太郎は夜目にも贅をこらしていることがわかる寝所を、ゆっくりと見回した。

幼いころ、あまり身体が丈夫でなかった宗太郎は、よく医者の世話になった。そのたびに、変わった形の道具で身体の隅々の音を聞き、手際よく薬を調合していく医者の姿には憧れすら抱いていただけに、すぐには阿漕の意味を理解しかねた。

「藪のくせになのか、藪だからなのか、えらく値の張る薬ばかりを押し売りするって話ですわ。で、患者がそんな薬代は払えないって帰ろうとすると、金子なら貸しますよって甘い顔して貸しつけておいて、利に利をかけた恥知らずな銀高を取る。ガラの悪いヤツらに取り立てに行かせる。ね、阿漕な仕打ちでしょう？」

そう聞いて、宗太郎はカッと目を見開いた。

「なんと！　それが真であれば、下司にもほどがありますな。病を治したいと願う弱者の弱みにつけこむとは、見下げ果てた悪党です」

そう思って町医者の寝顔をもう一度まじまじと見てみると、特徴がないように感じられていた細い眉や薄いくちびるが、途端に酷薄そうに見えてくる。

「実を言いますとね、ここ暁舟堂へはお礼行脚っていうより、お灸を据えてやろうと思ってやって来たんですわ。まぁ、医者にお灸ってのも洒落になりませんけれどもね」

「お灸、ですか？」

「ええ。今夜は、掏摸のあたしにしかできないことをしてやろうと思います。そのために、前もって折を見て、愛宕山で懐中物を拝借しておいたんですから」

「阿漕な仕打ちで貯めた金子なら、掏り取ってもバチは当たらないとでも？」

「そりゃ当たらんでしょう」

それはそれ、当たるに決まっている。

「ですけれどもね、あたしが暁舟先生から掏り取ったのは金子じゃありませんよ」

「ほう？」

「借金の証文です」

老人が懐から証文の束を取り出して、畳に投げつけた。

そのかなりの枚数に、宗太郎はギョッとした。老人の衿もとからはあばら骨の浮く薄い胸板がのぞいていて、この懐のどこに紙入れやら、合財袋やら、これだけの証文が入っていたのかと思うと、はなはだ謎だった。

「暁舟先生ってお人はね、用心深いっていうか、意地汚いっていうか、屋敷から盗まれることがあっちゃいけないってんで、出かけるときもいっつも証文を肌身離さず持ち歩いていたんですよ」

「それはまた、とことん下司いですな」

「そうでしょう？　ですからね、それを逆手にとって、出先でごっそり頂戴してやったんですわ。いい気味でしょう？」

「それは、いいお灸になったでしょうな。しかし、このお礼行脚で、その証文を返してしまうのですか？」

「いんや、こうするんです」

　言いながら、老人が証文をビリビリと破りだした。

「こうやってちぎった証文を寝所に花吹雪(はなふぶき)のようにばらまいてやって、それから、枕を引っこ抜いて……っと」

「何をしますか、起きてしまいますよ」

「今夜は大丈夫ですって」

　老人が町医者の慈姑頭の下から、力任せに箱枕を引き抜いた。ゴン、と後頭部から鈍い音がしたが、町医者は気持ちよさそうに寝息を立て続けていた。

「その箱枕を、いかがするのです？」

「へへ、こうします」

箱枕をおもむろに町医者の足もとへ置き、老人がニヤリと笑う。

「起きたら足もとに枕があるんですから、そりゃもう肝を冷やしますって」

「なぜ、枕を足もとに？」

「妖怪のしわざですわ」

「妖怪？」

「おや、知りませんかい？　枕返しって、寝ているときに枕を頭から足へひっくり返す妖怪なんですわ。暁舟先生の阿漕な仕打ちに腹を立てて、証文をビリビリに破りに現れたんですよ」

「枕返し？　では、ご老人は妖怪なのですか？」

「違いますよ、あたしは掏摸って名乗ったじゃないですかい」

仮に老人が妖怪であっても、なんらおかしなことはないように思えた。

「用心深い人ってのは他人を信じません。なぜなら、てめぇが嘘吐(うそつ)きだからです。さらに、金に執着する人ってのは神も仏も信じません。なぜなら、てめぇが亡者だからです。そんな嘘吐きの亡者に、ただの掏摸のあたしがお灸を据えたって痛くもかゆくもないでしょうよ。だったら、ヤツらと同じ土俵に上がるまで」

「同じ土俵、とは？」

「あたしも魑魅魍魎になるってことですわ」

一瞬、老人の顔が髑髏に見えた気がして、宗太郎は息を呑んだ。

それが伝わったか、老人がおどけるようにカラカラと笑った。

「いやいや、フリをするだけですよ。こうやって、枕返しのフリをして寝所を荒らしてやれば、こういった御仁はたちまち怖気づくもんです」

「そういうものなのですか？」

「そういうもんでしょう」

亀の甲より年の功。老人がそう言うのであれば、そういうものなのかもしれないと、思わず納得してしまうおのれがいた。それに、存外、この掏摸の目は人の心を見透かしているとも思った。

「この町医者は、これに懲りて阿漕な仕打ちを悔い改めるでしょうか？」

「どうでしょうねぇ。そこまでは知ったこっちゃないですわ」

「ここまでして、知ったことではないと？」

「あたしは助六でも、一心太助でもありませんからね。てめぇの掏摸の腕で、何かしら、しでかしてみたかったたってだけでしてね」

老人が挙げた名は、芝居や講談で人気の男伊達のことだ。義理人情に厚く、弱きを助け、強きを挫く姿に江戸っ子たちは熱狂する。

けれども、老人は掏摸という稼業で誰かに熱狂してほしいわけではないのだろう。

宗太郎のよろず請け負い稼業もそうだ。この〝猫の手〟でどれだけのお節介を焼き、どれほどの恩を送ることができるのか、それだけなのだ。

「それに、人の道を踏み外した野郎は地獄に落ちるだけですわ」

老人の口から隙間風のようにこぼれ出た言葉は、もっともなことだった。

掏摸を職人と認めることは到底できないが、それでも宗太郎は初めて老人の言い分に素直にうなずける気がした。

宗太郎と老人が暁舟堂を出ると、勝手口に控えていたはずの寝子屋のテツとロクが、なぜだか肩で大きく息をしていた。

「いかがした、テツ？　何かあったのか、ロク？」

「いえ、それが……、お恥ずかしいことで……」

口ごもるテツの代わりに、ロクが答える。

「ちょろちょろと鼠が出たんですよ。わたしたち、鼠を見ると追いかけニャいといられニャい病ニャんです」

「それは病ではなく、猫だからであろう」

「猫の手屋のソウさまも鼠を見ると、そうしたことが？」

テツにすがるような目で見られて、宗太郎はつい首を縦に振っていた。

宗太郎も目の端に鼠を捉えた瞬間、頭で考えるよりも先に手が出ていることがまれにある。そういうときは、いつもは引っこんでいる爪も出そろっていて、おのれでもびっくりするのだが……、いやいや。

「それがしは猫ではないので、そのような病は知らん」

そうだとも、知りたくもないとも。ペロリ、ペロリ。

「猫の手屋のソウさまは嘘がお下手ですね。そんニャにペロペロと鼻をニャめていたら、嘘を隠していることが丸わかりですよ」

「なぬ⁉」

ロクに図星を指されて、宗太郎は口を引き結んだ。

「舌が出ていますよ」

慌てて、舌を引っこめた。

そうした猫の寄合を笑ってながめていた老人が、大きなくしゃみをする。

「へっくしょん！」

「ご老人、大丈夫ですか？　さすがに冷えてきたのでは？」

「猫の手屋さんも、寝子屋さんも、上等な毛皮があっていいですね」

「夏は暑苦しいだけです」

と、宗太郎はじめ、駕籠かき二匹の声が重なった。

空を見上げると、南天にあったはずの明るい月はだいぶ西へと傾いていた。そろそろ、丑三(うしみ)つどき（午前二時から二時半ごろ）かと思われる。

「いい刻限とニャりましたので、先を急ぎましょう」

駕籠の網代を持ち上げて、テツが中へと促した。

「その前に、最後にもう一軒だけいいですかい？」

「もう一軒と言わず、手前どもはニャん軒でもお付き合いいたしますよ」

「ありがたいこって」

老人が両手を合わせて拝みだしたので、宗太郎は首をひねった。

「ご老人、お礼行脚は仏の顔も三度までの三軒ではないのですか？」

「ええ。ですからね、この最後のはお礼とかそういうんではなく、ただ会っておきたいってだけで」

根無し草のように飄々としている老人に、会っておきたいと思う人物がいることに驚いた。俄然(がぜん)、宗太郎は興味が湧いた。

「ご同行してもよろしいですか？」

「もちろんですとも。最後は、こちらの紙問屋田島屋(たじまや)さんになります」

老人が、こちら、と手のひらを差し向けたのは、暁舟堂の向かいに建つ大店の勝手口だった。

「たまさかにも目の前ではありませんか」

「シーッ。どうぞ、ここでは一層お静かにお願いしますよ。へっくしょん」

「ご老人こそ、お静かに」

「へへ、そうですね。気をつけましょう」

老人はこれまでになく浮かれた様子で、せかせかと潜り戸をすり抜けて行った。

宗太郎は老人を追いかけようとして、ふと、テツとロクを振り返った。またしても鼠を見つけたのか、二匹は新道の暗がりに狙いを定めて、

「カッカカッカカッ」

と、声を荒らげていた。

「しっぽが二股に裂けていることのほかは、いたって並の雉猫と鯖猫であるな」

猫を苦手としていた以前の宗太郎なら眉をひそめたことだろうが、今は微笑(ほほえ)ましい気持ちになって、老人のあとを追った。

田島屋は日本橋界隈の大店にくらべると、間口も奥行きも半分もないような小体な造りの紙問屋だった。それでも、設(しつら)えや調度品からはそこはかとない品のよさを感じ取ることができ、商いは上々であることは十分にうかがい知れた。

ここはいい風が吹いている、と宗太郎は思った。これまで行った三軒にはない、気の流れのようなものを感じた。

老人はここでも土足ではあったが、きちんと足音を忍ばせて歩いていた。障子を開け閉めするときも、なるべく音を立てないように気を使っているようだった。

「いた、いた。ここが母子の寝所のようですわ」

「母子？」

行きついた一室では、もうそろそろ季節外れになろうかという蚊帳が天井から吊るしてあって、中で年若い母親と、生まれて間もない赤ん坊が眠っていた。

「赤ん坊ってのは、一人前に育っちまったもんには見えない何かが見えたり、聞こえない何かが聞こえたりしますからね。起こさないように、物音を立てないようにしなくちゃいけません」

「ご老人も、くしゃみをしませんように」

「そうですね、孫にうつしたらえらいことですから」

「そうです、孫にうつしたら……って、孫⁉」

「シーッ」

老人に人差し指を立てられて、宗太郎も同じ仕草を返した。

その仕草のまま、小声で問う。

「この赤ん坊が孫だとすると、隣にいるのは？」

「娘ですわ」

宗太郎は穴が開くほど、老人と娘を見くらべた。

「ご老人は、ここ紙問屋田島屋の大旦那なのですか？」

「まさか。あたしは掏摸ですって、何度も言っているじゃありませんかい」

「はて、ですが」

老人が筋張った手を振って、ことさら声をひそめる。

「芝神明界隈は浅草寺ほどではないにしても、物見遊山にやってくる人で年中にぎやかなところなんですよ。もう少し足を延ばせば東海道の品川宿もあって、旅人が立ち寄ることも多い。江戸土産に錦絵でも買おうかって人がいて、絵草紙屋が建ち並ぶ。そうなると、紙が必要になってくる。田島屋は今の大旦那が一代で築きあげたんですけれどもね、手堅い商いで奥向きは豊かなんですよ」

まったく話が見えなかったが、宗太郎は母子の枕もとに座って、黙って老人の話に耳を傾けることにした。

「こんな立派なお店に嫁げて、娘は江戸いっち幸せもんですわ」

なるほど、娘は紙問屋田島屋の嫁ということのようだ。

「娘がね、七つになったときに、あたしに言ったことがあるんですよ。お父っつぁんは、なんの職人なのって。あのとき、どうしてなんですかね、胸を張って『掏摸だよ』って答えられなかったんですわ。掏摸って稼業は、人差し指と高々指の二本で技を競う職人の中の職人です。そう信じているはずなのに、喉が張りついたみたいになって、なんも言えなかったんですわ」

宗太郎も、何も言えなかった。蚊帳の中で眠る娘をよく見ると、離れ目の平べったい顔が老人に似ている気がした。

「娘が生まれるときに入り用だった金子を拝借したのが、一軒目の喜多屋さんなんですよ。ですからね、喜多屋さんにはひとしお恩義を感じていましてね」

「それで、お礼行脚の一軒にしたのですな」

「ええ。でもって、娘が熱を出したりなんだりで急な用立てが必要になるたんびに、井丸屋さんから拝借しました。ほかにも拝借人はいっぱいいますけれどもね、喜多屋さんと井丸屋さんには娘を育ててもらったと思っていますんで、あたしにとっちゃ足を向けて眠ることができないとっときなんです」

ともすると、いい話を聞かされている気になるが、老人がこれまでにやって来た数々は決してまっとうな行いではないことを忘れてはならない。

「娘さんに打ち明けられなかったのは、ご自分の中に後ろ暗い気持ちがあったからなのではありませんか?」

「掏摸は職人です。なんの後ろ暗いことがありましょう」

宗太郎が黙っていると、老人は首を左右に振った。

「ですけれどもね、掏摸が堅気じゃないってことくらい、あたしだってちゃんとわかっているんですよ。娘はあたしが掏摸だって知っていて、あえて訊いたんでしょう」

お父っつぁんは、なんの職人なの？

「あぶく銭で育てられていることを恥じているような、責めているような目でしたね。忘れられないですわ」

老人が眠っている娘を見下ろしながら、そっと目頭を拭う。

悪銭身に付かず、という言葉が宗太郎の脳裏をよぎった。

「あたしら夫婦には、なかなか子どもができませんでね。四十すぎてからようやく授かった子なんで、そりゃもうかわいがったつもりです。それなのに、親に向かってあんな目しやがるなんて、まったくかわいくない娘ですわ。ありゃね、嬶ァの育て方が悪かったに決まっています。ですからね、ともども追い出してやったんですよ」

「ともども？　ご妻女と娘御を、ですか？」

「ええ、離縁ですわ。あたしが掏り取ってこなけりゃ、明日食うもんにも困るってことを思い知ればいいと思いましてね」

言っていることは乱暴ながら、老人はずっと鼻をぐずぐずさせていた。シワ深い頬を、涙がいく筋も伝っていった。

「しばらくして、嬶ァは娘を連れて、この田島屋さんで住みこみ奉公をするようになりました。女手ひとつで娘を育てるため、照っても降っても、身を粉にして働いていましたね。嬶ァのそんな働きぶりもあって、娘は若旦那さんに見初められたんでしょう」

「真面目に働いたことが、良縁を結んだのです」

「いんや、違いますわ。あたしがふたりを追い出したから、良縁を結べたんですわ。あたしにもっと感謝しやがれってんですわ」

「ご老人……」

宗太郎は懐を探って、老人のために手拭いを取り出した。

ちぐはぐな言葉と態度ではあったが、老人が言わんとしていることは、宗太郎にもひしひしと伝わっていた。すべては娘のために、父と母はたったひとつの幸せのために離縁を選んだのだろう。

「これを、どうぞ」

「こりゃ、どうも」

涙と洟を手拭いでふき取りながら、老人が言う。

「なんですかい、この手拭い。煮干しのにおいがしますね」

いかにも、懐に煮干しが入っているからです、とは言わないでおいた。

代わりに、気になった別のことをたずねる。

「ひょっとして、ご妻女か娘御が暁舟堂から金子を貸しつけられていたのですか？　それで、証文を掏り取ろうと？」

「いんや、嬶ァも娘もそんなヘマはしませんですわ。それに金子が必要なら、よそを頼らず田島屋さんから借りるでしょう」

それもそうか、と納得した宗太郎が品のよい室内を見回していると、

「あたしは土竜ですからね、気配を消して人ごみにもぐるのはうまいんですよ。じっとね、ずっとね、嬶ァと娘を見続けてきました。見守るなんておこがましいことを言うつもりはありませんとも。ふたりがどうにも立ち行かないようになったら、ほれ見たことかって、恩着せがましく出て行ってやるつもりだったんですよ」

老人は精いっぱい悪ぶった台詞を並べ立てることで、なけなしの強がりをみせているようだった。

「それなのにね、嬶ァも娘もまっとうに働いていやがりました。あたしがしゃしゃり出て行く番なんて、とうとうなかったんですわ」

チーン、と老人が音を立てて手拭いで洟をかんだ。

それを返してくるので、宗太郎は首を振って断った。

「ちょくちょく芝界隈をうろついているうちに、暁舟先生の阿漕な仕打ちの噂を耳にす

るようになりましてね。初めはね、金子なんか借りる方が悪いってんで、毛ほどの興味もない話だったんですよ。それが、だんだんと掏摸のあたしにしかできないことをやってみたいと思うようになったのは、職人としての意地だったのかもしれませんね」

「腕を試したかったと？」

「腕試しなんて危なっかしい橋を渡るのは、一流じゃないですよ」

「そうでしたな、石橋を叩いて渡ってこその一流でしたな」

老人が、この腕に覚えありと言わんばかりに右手の袖をたくし上げた。骨と皮だけの細い腕だったが、どこか誇らしげでもあった。

「ねぇ、猫の手屋さん。あたしら掏摸が掏り取る金子をあぶく銭と呼ぶんなら、阿漕な仕打ちで巻き上げる金子こそあぶく銭だとは思いませんかい？」

「身に付くものではないでしょうな」

「そうでしょう。そこには職人技も、心意気もあったもんじゃない」

「言うなれば、それは三流のたしなみであると？」

この宗太郎の切り返しは正解だったようで、老人が膝を打つ。

「ですからね、あたしが一流ってもんを見せてやったんですよ。この腕前、披露してやったんですよ」

「つまり、それこそが一流の職人技だと？」

宗太郎は掏摸を職人とすることに同意はできないが、老人の腕前には一目置いてもいいような気になってきていた。

と、そのとき。

蚊帳の中で、赤ん坊が目を覚ました。寝返りを打とうとして腰と足を懸命にひねってはいるものの、上半身はまだまだ追いついていないようだった。

「栄太坊、お前にはまだ寝返りは早いよ」

「男の子ということは、田島屋の跡継ぎですな」

「ええ、まだ三月にもなっちゃいません。元気に育ってほしいもんですわ。寝返りを打つようになると、うつぶせのまんまで危ないこともありますからね。お静、目を離すんじゃないよ」

老人はほとんどささやき声で、孫と娘に向かって話しかけていた。

その声がまるで聞こえたかのように、赤ん坊の黒い瞳がひたと老人を捉える。

「栄太坊」

老人が、前のめりになって名を呼んだ。宗太郎もつられて身を乗り出すと、赤ん坊の顔が見る間に赤くなっていって、

「おっと、いけない。こりゃ泣き出しますよ」

老人が言い終わる前に、はたして、火がついたように泣き出した。

「むむ、それがしのせいでありましょうか」

「赤ん坊には見えない何かが見えて、聞こえない何かが聞こえているんでしょうよ」

「ねの字の編み笠も意味がないとは」

宗太郎が腰を浮かせておろおろしているそばから、娘も目を覚ましてしまった。

「よしよし、栄太坊。おっぱいかい？　それとも、おしめかい？」

娘は眠たげに半身を起こして、慣れた手つきで赤ん坊のお腹をさすり始めた。

かと思いきや、パッ、と弾(はじ)かれたように首だけで背後へと振り返った。その視線の先では、老人があぐらをかいていた。

「…………」

娘は、暗闇に何かを探るように離れ目を凝らしていた。

老人は、その目をまっすぐに見つめ返していた。

どれぐらいそうしていたか、赤ん坊がひと際大きな泣き声をあげると、娘はなんでもなかったかのように平べったい顔を前へ戻した。

「はいはい、おっぱいだね。今あげようね」

娘が赤ん坊を抱き上げたのを見て、老人が立ち上がった。

「猫の手屋さん、そろそろ行きましょうかい」

「今、娘御がご老人を見ていたようでしたが」

「いんや、一人前に育っちまったもんには、あたしらの姿は見えないはずです」

こんなに近くにいるのに、それを伝える術(すべ)がない。

いや、ひとつだけある。それがしがねの字の編み笠を脱げば、どうなる？

宗太郎はねの字の編み笠へ、あずき色の肉球のある手を伸ばした。

「いけませんよ、猫の手屋さん」

「ご老人……」

「嬶ァとの約束なんですわ」

「ご妻女との？」

「嬶ァのヤツ、孫の顔を見ることなく、半年前に胸の病でぽっくり逝っちまいましてね。つくづく、ツイてない女ですわ」

当人がツイていないと思っていたかどうかはさておき、さぞや心残りであったろうことは、想像に難(かた)くない。

「そんな嬶ァがね、逝っちまう少し前に、人ごみにもぐっていたあたしのもとへ、まっすぐ近づいてきたことがあったんですよ。で、言うに事欠いて、なんて言ったと思いますかい？」

宗太郎が答える前に、老人が早口にまくし立てる。

「『娘と孫のことを、これからもよろしくお頼みします』って言ったんですよ。あたしがずっと見ていることに気づいていたのもびっくりしましたけれどもね、今さらよろしく頼まれたことの方がびっくりしましたね」

「その『よろしく』というのは、名乗り出るようにということですか？」

「いんや、逆ですわ。今までどおり、これからも『見ているだけで』よろしくお頼みしますよってことでしょう」

「見ているだけで……」

「あたしは土竜です、お日さまの下にしゃしゃり出て行っちゃいけないんです。寝顔を拝めただけで、もう十分なんです」

老人は言いきると、赤ん坊の泣き声と、それをあやす娘の声を背中で聞きながら、ことさら足音を忍ばせて母子の寝所をあとにした。

見ているだけというのは、どういう気持ちなのであろう？

宗太郎は後ろ髪を引かれて何度も薄暗い廊下を振り返ったが、老人は勝手口を出るまで一度も後ろを振り返ることはなかった。


「長らくお待たせしました、寝子屋さん」

「ご苦労さまでございます」

と、テツが言えば、

「ご愁傷さまでございます」

と、ロクは言った。

老人と宗太郎が田島屋から出て来たとき、鼠はどうなったのか、二匹はもう肩で息をしていることはなかった。

「おかげさんで、心残りはありません。生まれ変わった気分ですわ」

「それはまた、気がお早いですこと」

「言ったでしょう、あたしはせっかちなんでね」

「そうでしたね。ご妻女も、お待ちかねでしょう」

テツが促すように駕籠の網代を上げると、老人はすばしっこく乗りこみかけて、つと顔を上げた。

「あたしは、嬶ァに会えますかい？」

「彼岸の方々は此岸の方々を手招くこともあれば、まだ来てはいけないと追い払うこともあります。ご妻女の手は、招くか、払うか、どちらでございましょうね」

「へへ。手招きされても、身を粉にして働いていた嬶ァと、掏摸のあたしとではたどり着く先は違うでしょう。それぐらい、わかっていますとも」

老人の苦笑まじりの物言いに、テツはロクと意味深に顔を見合わせていた。

彼岸とか此岸とか、まるで、死者と生者のような話をしている。

「猫の手屋さん」

呼ばれて、宗太郎は老人の平べったい顔を見返した。

「今日という日の今夜のことを見届けてくださって、どうもおありがとうございました。ここで、今生の別れといたしましょう」

今、さらりと大事なことを言われた気がする。

「それがしは、ご老人に猫の手を貸すことはできたのでしょうか？」

「ええ、しかと拝借いたしましたとも。ただですね、掏摸は拝借したものを返すってことはしないいんですよ。その猫の手、借りっぱなしになってもよろしいですかい？」

「と、言いますと？」

宗太郎は身構えたが、老人は飄々と笑っていた。

「わたしの名前は忘れてくださって構いませんけれどもね、こんなケチな掏摸がいたってことだけは、この先、ときどきは思い出してやってほしいんですわ」

今夜、思案橋で出会わなければ、宗太郎は土竜の与一という掏摸を知ることはなかった。束の間でも旅の道連れとなったからには、忘れられようはずがなかった。

「お安い御用です」

「へへ、ありがたいこって」

「ご老人は、これからどちらへ？」

「あとはもう、まっすぐ西へ向かいます」

西の果て、そこには極楽浄土がある。

「ただ、あたしは三途の川より西へは行けないでしょうがね」

「それは、何ゆえに」

「八丁堀からは逃げきれても、地獄の閻魔さまからは逃げられないってことですよ」

「地獄の……」

「お白洲より、閻魔さまのお裁きの方がおっかないってことなんでしょう。そういうことですよね、寝子屋さん？」

老人に真っ向から問われて、テツとロクは笑っているような、泣いているような顔をしていた。はっきりとどちらなのかがわからないのは、ねの字の編み笠が顔を半分隠しているせいもあるし、所詮は猫なので表情に乏しいせいもあるのだろう。

宗太郎は、暁舟堂で老人の口から隙間風のようにこぼれ出た言葉を思い出した。

『それに、人の道を踏み外した野郎は地獄に落ちるだけですわ』

掏摸は職人であっても、堅気ではない。

死後、向かうところは極楽浄土ではない。

「ご老人は、これから……」

宗太郎はねの字の編み笠を脱いで、言葉を選んだ。

今生の別れを惜しみつつ。

「……西へ、死出の旅路につくのですな」

＊

「というのが、それがしが夏の終わりに出くわした一風変わった老人の話になります。長々と、失礼仕（つかまつ）った」

宗太郎は長い話を語り終えて、湯呑みに手を伸ばした。

しかし、煎茶は話し出す前に飲み干していて空だった。

しゃべり倒して渇いた喉を湿らせたかったが、しんと静まり返っている座敷には酒しか並んでいなかった。宗太郎は酒が飲めない。

リィリリリ、リィリリリ。

中庭では、相変わらずコオロギが鳴いていた。

「猫先生、わたしのお茶をどうぞ。もうとっくに冷めているので、猫舌でもぐいっと飲めますよ」

最初に口を開いたのは、雁弥だった。

「それがしは猫先生ではない」

「いやぁ、見直しました。猫先生もやればできるじゃないですか、渾身の小咄だったじゃないですか」

雁弥が興奮気味に話し出すのを合図に、たちまち座敷がにぎやかになった。

「いやはや、本当にすばらしいのひと言に尽きます。猫先生、ためになる説法をありがとうございました」

上座の上総屋辰右衛門に頭をさげられて、宗太郎は律儀に訂正する。

「それがしは猫先生ではありません。ついでに、今の小咄は説法でもありません」

実際に出くわした、ひとりの老人の生き様と最期を語ったにすぎない。

「思いますに、その晩、猫先生が出会われた寝子屋という猫の駕籠かきは、おそらくは火車なのでございましょう」

辰右衛門が『火車』の名を挙げると、蛇の目会の会員たちも一様に相槌を打った。

「間違いないですね、火車ですね。わたしの知っている火車とは少し違いますがね」

「火車を見たという話は、この江戸でもまれにありますが、ここまで微に入り細にわたった筋立ては初めて耳にしますねぇ」

「火車が二匹連れだとは知りませんでした」

「それは、この小咄では火車が町駕籠の体だからでしょう。駕籠とは相棒と担ぐものですから」

「火車ってのはね、もっとおどろおどろしくておっかないものかと思っていたけどね。存外、かわいいナリをしているのかもね」

「おっかないでしょう。あたしは火車になんて会いたくはありませんよ。死人に夢枕に立たれるのもいやですよ」

口々に言って盛り上がる蛇の目会だったが、宗太郎は七人のお大尽客の話について行けずに、咳払いをひとつこぼした。

「コホン。ご教示願いたい、その『カシャ』とは？」

会員たちが競って見識を披露しようとするのを制して、辰右衛門が取りまとめて詳しく教えてくれる。

「罪を犯した死人を地獄へ運ぶと言われる、燃え盛る火の車のことです」

「罪を犯した死人を……」

地獄へ。

西は西でも、そこは極楽浄土ではない。

「死の際に、正直に生きてきた人のところへは極楽浄土から阿弥陀仏（あみだぶつ）が現れますが、後ろ暗いことをしてきた人のところへは地獄から火車が現れます」

「悪党は、極楽浄土へは行けませんからね」

と、蛇の目会の誰かがぽつりと言った。

土竜の与一も、あの晩、地獄の閻魔さまからは逃げられないと言っていた。テツとロクがどこから来て、どこに自分を連れて行こうとしているのかを、ハナからわかっていたようだった。

「火の車を引いているのは、猫の妖怪だと言われております」

「猫の妖怪？ 猫股ですか？」

「さて、わたしは文献を漁るばかりでしたので猫股だと思っておりましたが、今のお話をお聞きしますと、猫股とはまた違う『職猫』と名乗る妖怪のようでございますね」

二本脚で立ち、しっぽが二股に裂けているので、寝子屋のテツとロクの見た目は鯖猫と雉猫の猫股そのものだったが、二匹は職猫だと言い張っていた。

猫の手に職を持っている、と。

「職猫という妖怪を、上総屋のご隠居はご存じですか？」

「いえ、お恥ずかしながら、寡聞にして存じません。ひょっとすると、猫先生だからこそ、見えたのかもしれません」

それは、それがしが限りなく化け猫だから、であろうか。

「火車が燃え盛る火の車ではなく、町駕籠の体であったことにも、何か深い意味があるような気もいたします」

「その意味とは？」

「わかりません。わからないからこそ、珍説奇談はおもしろいのです」

辰右衛門はもって回った言い方をしたが、それがかえって妙な説得力があるように聞こえた。この世には人智の及ばぬ何かがあることは、宗太郎も身をもって経験していることだ。

夏の終わりに老人を乗せた寝子屋の駕籠を西へ見送ってから、なんとなく気になって何度となく思案橋へ足を運んでみてはいるのだが、あれから寝子屋のテツとロクには会っていない。

あの晩、寝子屋が思案橋にやって来たのは、たまたま、老人があそこで待っていたからなのであって、思案橋そのものに深い意味はなかったのかもしれない。

そのあたりのことも辰右衛門に言わせると、

『わからないからおもしろい』

ということになるのだろう。

人は清廉潔白に生きなければならない。

そう信じて、宗太郎はこれまで四角四面な人生を歩んできた。これからも、それは変わることはない。

ただ、今の宗太郎は市井に揉まれ、四角いばかりではいられないことも知っている。

人の生き様は水のようなもの、四角い升からあふれ出ることもある。土竜の与一の升からあふれ出た生き様に同情はできないが、掏摸としては一流であったと思う。

その名を忘れてはならないと、今夜の席で改めて胸に誓った。

宗太郎が物思いにふけっていると、辰右衛門が腕を伸ばして窓の障子を開いた。

浅草山谷堀近くにある高級料亭の二階座敷からは、田んぼの向こうに広がる吉原の灯りがよく見えた。

灯りの下には、無数の人生がひしめいている。

「わたしたちが今こうしている間にも、寝子屋の駕籠かき二匹は罪を犯した死人を乗せて、この江戸市中のどこかを走っているのかもしれませんね」

「そう言われると、ほら、二匹のへんてこな掛け声が聞こえてくるような気がしませんか？　にゃっほ、にゃっほ」

立ち上がった雁弥が駕籠をかく真似をして、茶々を入れた。

『にゃっほ、にゃっほ』

『にゃっほ、にゃっほ』

宗太郎の耳にも、聞こえるような気がした。

『にゃっほ、にゃっほ』

『にゃっほ、にゃっほ』

ねの字の編み笠の下の二匹の顔は、罪を犯した死人の往生際の悪い最期をあざ笑っているのか、哀れな最期と忍び泣いているのか……。

足音はないのにへんてこな掛け声だけが聞こえたら、道連れにされないように気をつけた方がいい。

なぜなら、それは、地獄の火車が罪を犯した死人を迎えに行く道中なのだから。

男坂女坂

一

女髪結いの娘であるお比呂と、貧乏旗本の三男坊である佐原久馬が、きっと添い遂げると誓い合った縁をあっさりと切った。

白雉猫の桃太郎が〝にゃこうど〟として頑張ったのも、猫の手屋宗太郎が精いっぱい画策した〝にゃん法色仕掛け〟も、すべて水の泡となったわけだ。

「女心と秋の空であるな」

もしくは、男心と秋の空。

秋の日は釣瓶落とし、刻々と宵闇が迫る中、近山宗太郎は編み笠を目深にかぶって独りごつ。

「とはいえ、この十日ほどで三度目の愛想尽かしであるからな」

そうなのだ。秘めた仲が大っぴらになった途端、ふたりの気が緩んだのか、つまらない喧嘩が増えるようになったらしいのだ。そのつど、

『縁を切りました！』

と、鼻息荒く告げられるのだが、

『やっぱり、雨降って地固まりました！』

と、翌日にはふたりそろって復縁の報告に来るという日が続いていた。

「これが国芳(くによし)どのの言う、恋わずらいというものなのであろうか」

熱に浮かされる病とは、まことに厄介極まりない。

一度は差し伸べた猫の手なので、しばらくは桃太郎と共に見守っていこうと思っている宗太郎だが、この先、若いふたりがどうなって行くのかは皆目見当もつかなかった。

「それに、今はまず、おのれのことに向き合わなければなるまい」

宗太郎はあずき色の肉球のある手を見て、ため息をこぼした。

この奇妙奇天烈(きてれつ)な白猫姿になって、かれこれ丸一年になる。

「早く百の善行を積んで、もののふのけじめを付けなければ」

一日一善としても、年の瀬には百まで達していよう。正月は晴れて人の姿で迎えることができよう。

去年の今ごろは、そう思っていた。

「それがよもや、一年経(た)っても、いくつ善行を積んだのかさえわからないとは」

猫は、七より大きな数がわからない。宗太郎の善行を吟味するはずの猫のお白洲(しらす)の猫町奉行が、はっきり言っていた。

『みどもら猫は、ニャニャより大きい数がわからニャい。それゆえ、猫はニャニャ代先までしか祟ることができニャいのでござる』

そんニャ話は聞いていニャい！

いやいや、そんな話は聞いていない。知っていれば、百の善行を積む約定なぞしていなかった。

しかも、情けないことに、近ごろの宗太郎はめっきり数をかぞえるのが苦手になっていた。風体ばかりか、内面までもが限りなく猫に近づきつつあるようで、

「こんなことで、人の姿に戻れるのか……」

月も星もない宵は、つい気弱になってしまう。

「戻れたとして、いつのことになるのか……」

吹く風が、心の裏側を撫でつけるようだった。

今夜、宗太郎は千代田の城の南に広がる、芝愛宕下大名小路にやって来ていた。大名小路と呼ばれるだけあって、愛宕下界隈は大大名の上屋敷や大身旗本の拝領屋敷が目立って多く集まっている武家地である。

その一角を陣取る武家屋敷の前で、宗太郎はつと足を止めた。堂々たる表門を見上げて、ぐっと丹田に力をこめる。

「ふむ、腹をくくるしかあるまい」

日本橋長谷川町を出たときにはまだほんのりと色のあった空からは、すでに漆黒の帳が下りていた。昼でも人通りがほとんどない武家地のこと、夜ともなれば海の底ほどの静寂に包まれていると言ってもいい。

それでも念のため、宗太郎は顔を隠すように編み笠を深くかぶり直してから、表門の潜り戸をほとほとと叩くのだった。

内側から潜り戸が開くのと同時に、宗太郎はすばやく業の深い我が身を屋敷内へ滑りこませた。

「お帰りなさいませ、若」

「爺、今夜は面倒をかける」

宗太郎が編み笠を脱いで毛深い顔をのぞかせると、いつも頑固な顔をしている爺が珍しく笑みを浮かべて言った。

「何をおっしゃいますか、若。この日下部喜八、若のお世話をすることを稼業にしておりますれば、面倒をかけていただけることこそ、何よりの喜びでありますぞ」

「ずいぶんと世話焼きの稼業であるな」

「猫の手屋を見習おうと思いましてございます」

「爺の手屋であるな」

「このおいぼれの手でよければ、いつでもお貸しいたしますぞ」

糸くずのように細い目、鷲鼻、いつでも怒ったように引き結んでいるへの字口。へのへのもへじそのものの顔をした日下部喜八は、宗太郎の祖父の代から近山家に仕える用人だ。

ここは旗本の近山家の拝領屋敷、つまり、宗太郎の実家だった。

もっとも、近山姓は仮名である。公儀の要職に就く父に迷惑が及ばないように、市井に身を置くことになったとき、宗太郎が口から出まかせに名乗ったに過ぎない。

宗太郎は久方ぶりの我が家に目を細め、大きく息を吸いこんだ。我が家のにおいがする、と思った。

「父上と、母上は？」

「はい。それはもう、首を長くしてお待ちでございます」

宗太郎がこの屋敷を出てから、今夜が初めての里帰りだった。

一年前、父のお役目の都合上、両親は呉服橋御門内の役宅で暮らしていた。宗太郎は惣領息子として愛宕下の拝領屋敷の留守を預かり、剣術の腕前をひたすら磨く充実した毎日を送っていたのだが、思案橋で猫股の白闇と因縁の出会いを果たしてしまった。

月見の宴の帰り道でのことだ。奇妙奇天烈な白猫姿になってしまった宗太郎は、拝領屋敷と役宅のどちらに逃げ帰るかを悩んだ末、思案橋からわずか数町のところにある呉服橋御門内の役宅へ向かった。

青天の霹靂としか言いようのない息子の変貌を前に、

『何があったのか？』

と、父は一度しか詮索してこなかった。そのときに洗いざらい打ち明けてしまえばよかったのだが、とにかく気が動転して黙りこんでしまった。

あのころの宗太郎は、武士とは四角四面でいなければならないと煮て固めたように信じていたので、

『飲めない酒を過ごして、猫股を尻で踏みつけてしまいました』

とは、とてもではないが恥ずかしくて言い出せなかったのだ。その因縁で白猫姿になったことを打ち明けたところで、まだ酔っているのか、とうろんな目をされるのが関の山だと思った。

いたたまれなくなって、宗太郎は数日後には拝領屋敷を出て裏店暮らしを始めることにした。それ以来、文のやり取りはしているが、両親に会っていなかった。

「殿、奥方さま、若のお帰りでございます」

池のある庭に面した一室の前までやって来ると、喜八が膝を折って声をかけた。

「おおう、待っていたぞ」

室内から、父の懐かしい声がした。

障子が開け放たれたままだったので、宗太郎はうつむいたまま座敷の端っこに座りこんだ。

「父上、お久しぶりでございます」

「よく帰った、宗太郎。顔を上げなさい」

「は……。父上におかれましては、ご健勝のご様子で……」

「ふむ、痔の具合だけはどうにもならんがな」

「町の人々によりますと、河童に願掛けした胡瓜を川に流すと痔が治るそうで」

よかれと思って言ったことだが、なぜだか、父が目をまたたいた。

「その……、出過ぎたことを申しました」

「そうではない、お前から町人たちの話が聞けたことに驚いただけよ。お前も泡雪の毛皮がつやつやしているな。息災そうで何よりである」

「は、はい」

まさか、父に泡雪の毛皮を褒められるとは思わなかった。三日月長屋を出る前に、入念に櫛を入れてきてよかった。

父の風貌も風体も、一年前となんら変わっていないことに安堵した。変わったのはおのれだけであることに心がしぼみそうになるが、なんとか顔を上向かせる。

「母上、ただいま戻りました」

「宗太郎、お帰りなさい。あなたの奮闘ぶりは、喜八からいつも聞いていましてよ」

父の隣に並ぶ母は、親子の再会に目を潤ませていた。それを見た途端、宗太郎の目頭もたまらなく熱くなった。

「母上、いつもお心尽くしの品々をありがとうございます。食べるものも、着るものも、大変重宝しております」

「母が息子のためを思ってしていることに、いちいち礼などいりません」

声こそ涙声であるものの、母の姿も思い出の中と寸分変わらず、百合(ゆり)の花のように凛(りん)としていた。それがまた、宗太郎の目頭を余計に熱くした。

父も母も、まっすぐに宗太郎を見つめていた。奇妙奇天烈な白猫姿を物珍しがって、ではなく、見目の向こう側に潜む息子の面影を懸命にさがしているようだった。

その眼差(まなざ)しがうれしくもあり、気恥ずかしくもあって、宗太郎は長くひんなりしたしっぽをパタパタとうごめかした。

思えば、一年前も、すっかり面変(おもが)わりした宗太郎を、両親はなんの疑いもなく受け入れてくれた。目の前の化け猫風情が真(まこと)に我が子であるかどうか、これまでただの一度も訝(いぶか)しく思ったことはないのであろうか？

「父上と母上は、わたくしを宗太郎になりすました化け猫ではないかと、お疑いにはならないのですか？」

「そりゃ、お前がおもしれぇ話をし出したら疑っただろうよ」

「おもしれぇ話？」

聞き間違えだろうか、父の口調が伝法になった気がした。

「あー、いやいや。白猫姿で帰って来た晩、お前、何も言えなかったであろう？　あのときに、べらべらと仕儀を語っていたら、あるいは疑っていたかもしれん」

「と、おっしゃいますと？」

「息子の宗太郎が口下手な石部金吉金兜なのは、親ならよくわかっておる」

「むう……、さようでございますか」

おのれでも口下手な石部金吉だとわかってはいたが、親にまで思われていたというのは、多少複雑でもあった。しかも、金兜が増えている。

「どのような姿をしていようとも、血を分けた親子です。わたくしたちが、あなたをわからないはずがないでしょう」

「母上……」

いよいよ涙があふれそうになるのを、宗太郎は太ももをつねって懸命にこらえた。

「けい。積もる話もあるであろうが、先に夕餉にしようではないか。宗太郎に食べさせたいものを用意したのであろう？」

「そうでございましたね、支度してまいります。先日、宗太郎が文に書いてくれた、蕪骨なるものを取り寄せてございますのよ」

母が小柄で細身の身体をしゃきしゃきと動かして、勝手場へ移動していった。

「蕪骨……」

つい最近、コリコリした食感について文にしたためた気がするが、母はそれを覚えていて、わざわざ今夜のために用意してくれていたようだった。

宗太郎がいつまでも母が去った廊下を見ていると、

「宗太郎」

と、父に改めて名を呼ばれた。

彫りの深い顔立ちの父は、上背もあって押し出しがいい。そんな父によく似ていると言われていた宗太郎だが、今の姿となってはわからない。

何を言われるのであろうかと身構えていると、父が格式ばった正座の体勢からあぐらをかいた。

「で、裏店暮らしはどうなんでい?」

聞き間違いではない。父がまた伝法な口調になったので、面食らう。

「どう、とおっしゃいますと?」

「猫の手屋は繁盛してんのかい?」

「おかげさまで、それなりに町の人々からは頼みとされております」

「そりゃ、よかった。武家屋敷に引っこんでいるだけじゃわからねぇことが、世の中にはいっぺぇあっただろう？」

「はい、毎日が目まぐるしく過ぎていきます」

父も若いころ、話せば長い事情があって裏店暮らしをしていた時期があった。遊び人連中とつるんで、かなりのやんちゃをしたと聞いている。

そのときに見聞きしたことが肥やしになって、その後の父を優秀な能吏に押し上げているのだとしたら、おのれの今の辛き目も、決して無意味な日々などではないと思いたかった。

そもそも、こうして父と差し向かいで話していることが稀代に思えた。

宗太郎にとって、父とは雲の上の人とまではいかずとも、越えられない壁の向こう側にいる人だった。お役目で忙しいということもあったし、宗太郎が下戸ということもあって、これまで父子で酒を酌み交わすようなことは一度もなかった。

さらに幼いころの物覚えを掘り起こすならば、父の腕には桜吹雪の博徒彫りがあり、それを見てしまってからというもの、心のどこかでふたりきりになるのをずっと恐れていた気もする。

それが今は、差し向かいで話をしていることに心が躍っていた。遠い存在のはずだった父に、わずかでも近づけたような気がした。

「わたくしの知り合いに、浅草猿若町の芝居町で役者をしている男がいるのですが、その者が言っておりました。このご改革の御世にあって、芝居小屋の櫓を守ってくださった前のお奉行さまには足を向けて寝られない、と」

日本橋から浅草へ、町ごとごっそり江戸のはずれに追いやられる形になった芝居町だが、父が公儀に掛け合わなければ、ほかの娯楽のように芝居そのものが禁じられることになっていたかもしれなかった。

「へぇ、そうかい。宗太郎に役者の友人ができたかい」

「友人ではありません。ただの知り合いです」

宗太郎は中村雁弥の女のような顔を思い浮かべて、勢いよく首を横に振った。あんな胡散臭い男、間違っても友人ではない。

「畑違いの友人から聞く話はおもしれぇだろう?」

「友人ではありませんし、あやつの持ってくる話には振り回されてばかりです。野分のような男です」

「野分とは、いい風じゃねぇかい。町人は、ご公儀という大船を動かす風そのものよ。その風が止んじまったら、大船は前には進めねぇ。舵取りばかりに気を取られて風も読めねぇようなヤツは、ほんとは船頭にはなっちゃいけねぇのよ」

「風を読む、ですか？」

　宗太郎も、ときどき、ここはいい風が吹いていると感じることがある。あれもまた、風を読んでいることになるのであろうか？

「風を読むのは大事だぜ。なんて言っているてめぇが、向かい風ん中にいることに気づかねぇで、お役を召し上げられちまったんだけどな」

　ハハハ、と父が豪快に自らの失脚を笑い飛ばした。

　今までの宗太郎なら、ここで返す言葉もなく黙りこんでしまう場面だろうが、今夜はしっかりと父の目を見て思ったことを口にする。

「町人が風そのものだとすれば、いずれまた、父上に追い風が吹きましょう」

　すると、父が笑顔を引っこめて、まじまじと宗太郎の金色の目を見返してきた。

「またしても、出過ぎたことを申しました」

「いや、そうじゃねぇ。宗太郎、丸くなりやがったな」

「それは、猫背になったということでしょうか？」

　宗太郎はもそもそと背筋を伸ばした。

「猫背にはなったみてぇだが、そうじゃねぇよ、むかしのお前なら町人の暮らし向きになんて毛ほどの興味もなかっただろう」

「むむ、おっしゃるとおりです」

何しろ、薄っぺらだった。

「宗太郎。人から白猫姿になっちまった苦労がどれほどのものか、オレにはわからねぇ。何もしてやれねぇのがもどかしいけどな、その苦労は無駄じゃねぇと思うぜ」

「父上……」

「一皮むけたな、宗太郎。いや、一毛皮抜けたな」

「おっしゃるとおりで、夏毛が抜けました」

父の穏やかな眼差しと暖かな言葉、そのどちらもが面映ゆくて、宗太郎はまたぞろ猫背になった。

「ハハハ。琴姫が今のお前を見たら、惚れ直すんじゃねぇか」

「お琴どの……」

琴姫は宗太郎よりも六つ年下の、さる大身旗本の娘だ。

そして、許嫁でもある。宗太郎の身に何ごとも起きなければ、春には祝言を挙げているはずだった。

その名が父の方から先に出たことは、まさに渡りに船だった。

今夜、宗太郎が一年ぶりに拝領屋敷へ顔を出したのには理由があるからだ。

「父上、実は……、わたくしが今夜帰って参りましたのは、そのお琴どののことでお頼みいたしたき儀があるからなのです」

色白で頰のふっくらした顔立ちのお琴を思い描いて、宗太郎は畳に猫の手をついた。

「お前が頼みごととは珍しい、言ってみな?」

「お琴どのとの縁談を、反故にしていただきたいのです」

「ああ?」

父は頓狂な声をあげてしばし固まってから、急に廊下を気にして声をひそめた。

「それは何かい、町にいい女ができたってことかい?」

「はい?」

「いやいや、咎めるつもりはねぇよ。まぁな、なんて言うかよ、若気の至りってヤツは誰にでもあるからな」

そう言いながら、父は自分の二の腕をしきりにさすっていた。着物の下に隠れる桜吹雪は、市井でやんちゃをしていたときに彫った若気の至りなのだろう。

「父上、何やら誤解をされているようですが、わたくしは不実な行いはいたしません。色恋に現を抜かす暇があるなら、今は猫の手を貸すことにだけ精進し、一日でも早く百の善行を積まねばなりません」

「お、おう、そうだったな」

「もののふのけじめを付けた暁には、人の姿に戻れるはずです。猫股と、そういう約定を交わしました」

「猫股ってぇのは、猫の妖怪だったな？」

「はい、長生きの末にしっぽが二股に裂けております」

ところが、一年経っても、いくつ善行が積めたのかさえわからない。ひょっとしたら、来年の秋も金色の目で月を見上げて、三つ鱗(みつうろこ)の形をした耳で虫の音を聞いているかもしれない。

今と同じように、長くひんなりしたしっぽで畳を叩きながら……。

「わたくしの不徳の致すところで、いつ人の姿に戻れるのか、いまだにさっぱりわかりません。これ以上、お琴どのをたばかることは本意ではないのです」

お琴には、宗太郎は諸国へ武者修行の旅に出ていると伝えてあった。

真実を知らされないまま、娘盛りを無為に過ごしているお琴のことが、宗太郎には不憫(ふびん)に思えてならなかった。爺を通して、許嫁の身を案じる文を頻繁に寄越してくるのも、健気としか言いようがない。

「お琴どのでしたら、ほかにいくらでも良縁がありましょう」

「そりゃ、琴姫ほどの器量ならな」

「ですので、どうか縁談を反故にしていただきたいのです。勝手を押しつけて、心から申し訳なく思います」

「そうでい、そりゃお前の勝手でい。琴姫の気持ちはどうなる？」

「お琴どのは、わたくしを兄と慕っているだけです。恋わずらいとは違います」

「何が違うってぇのさ、お前は色恋の何を知っているってぇのさ」

父が大きな目を見開き、小鼻をひくつかせて問い詰めてくる。ぼんくらの息子から、『恋わずらい』という言葉が出てきたことに驚いているようだった。

お比呂と久馬を見ていると、宗太郎はハラハラした。若いふたりの熱に浮かされた恋ほど、突拍子がないものはない。

それでも、そういう恋を、お琴にもしてもらいたいとも思ったのだ。

武家の縁談は家と家の結びつきなので、そこに好悪の感情がないのは当たり前のこととしても、人生をともにするうちに歩み寄り、秋には紅葉(もみじ)狩りに出かけ、新年は晴れ着で初詣をし、春には花見を、夏には蛍狩りを、ときには猿若町まで芝居を観(み)に行くことぐらいはできよう。

そういう心浮き立つことをしてくれる男を、生涯の伴侶にしてもらいたい。

業の深い身の宗太郎には、逆立ちしてもできないことだった。

「宗太郎、琴姫がお前を慕っているのは、わかっているんだろう?」

「はい、兄として」

「お前も、琴姫を妹として見ているのかい?」

「はい」

色恋についてはまったくもってぼんくらの宗太郎だが、お琴のことは妹のように大切に思っている。それだからこそ、幸せになってもらいたいのだ。

「そうかい。一毛皮抜けたかと思ったが、やっぱり、お前は薄っぺらでい」

父が腰から扇子を取り出し、片手で開いたり、閉じたりしだした。それは思案に耽るときにでる、父の癖だった。

惣領息子なのに、また父を失望させてしまった。

そう思ったら、だるま落としのように天井がずんと頭のすぐ上まで落ちてきた気がして、宗太郎はただもう畳に額がつくほど頭を下げることしかできなかった。

二

三日月長屋に思いもよらない客人がやって来たのは、それから二日後のお昼どきのことだった。宗太郎が近所の大店で鼠退治を済ませて帰ってくると、長屋の木戸口に大勢の野次馬が集まっていた。

「いかがしましたか、三郎太どの」

「おおう、猫先生！　どこでゴロゴロしてたんですかい、そりゃもう首を長くしてお待ちかねですよ！」

「それがしは猫先生でもなく、ゴロゴロもしていないのですが」

三郎太は煮物でも和え物でもなんでもひと皿八文という安値で饗する、縄暖簾なん八屋つるかめの亭主だ。三日月長屋の表店だった。

「いいですかい、毛皮が臭いってことはねぇですかい？　念のため、その羊羹色の袴のホコリもはたいておきましょうかね」

藪から棒に毛皮のにおいを嗅がれ、袴を叩かれ、宗太郎は猫の額にシワを寄せた。

「三郎太どの、これは一体」

「かぐや姫が、猫の手屋をお待ちかねなんですよ」

「は？」

「ありゃ間違いねぇ、月の精です。あんなまぶしい姫君、見たことねぇ」

「月の精？」

わけがわからなかったが、宗太郎は三郎太に急かされるまま、おのれの九尺二間の腰高障子を開いた。四畳半には、なん八屋つるかめの女将のお軽が座っていた。

お軽どのが、かぐや姫？

そう口に出しかけて、奥にもうひとりいることに気づいた。

「ギョッ!?」

叫んで、すぐに腰高障子を閉めた。

限りなく猫に近い姿をしているので好物の『魚っ』と叫んだ、わけではない。『ぎょっとした』の『ギョッ』である。が、しかし、今はそんなことはどうでもいい。

これは一体、どういうことであろう⁉

「さ、三郎太どの、それがし、や、野暮用を思い出したので失礼する」

ぎこちなくその場を立ち去ろうとすると、腰高障子が開いて、中にいたはずのお軽に着物の衿首をつかまれた。

「何言ってんだい、猫太郎さん！　ゴロゴロすることは野暮用でもなんでもないですよ、お客人ですよ！」

「お軽どの、それがしは猫太郎ではなく」

お軽は河童が人を川に引きずりこむように、宗太郎を容赦ない怪力で土間に引きずりこんだ。首が絞まるかと思った。

「箪笥の上に羊羹を見つけたんで、姫さまに出しておきましたからね」

それは、先日、母が手土産に持たせてくれた宗太郎のお気に入りの羊羹だったが、しかし、それも今はどうでもいい。

「猫太郎さん、ちゃんと仕事するんですよ」

「それがしは猫太郎ではありませんが、仕事はちゃんとしています」

「今日のお客人はべっぴんさんですよ。こんないいご縁、二度とないかもしれないんですから、断るんじゃありませんよ」

なんのご縁か、と突っこんでおきたいところだが、宗太郎が女人を苦手にしているのは周知のことなので押し黙る。

さても、ややこしいことになった。

「はいはい、猫の手屋猫太郎さんのお帰りだよ！　野次馬は散った、散った！」

お軽が三郎太をはじめとする野次馬たちを追いやりながら木戸口へ向かうのを、宗太郎は半ば呆然（ぼうぜん）と見送った。

「あのう」

四畳半から声をかけられ、宗太郎はギクリと猫背を震わせた。

「あなたさまが、猫の手屋猫太郎さまでいらっしゃいますか？」

少し鼻にかかったかわいらしい声は、間違いなく聞き覚えのあるものだった。

宗太郎は渋々振り返り、

「それがしは猫の手屋ではありますが、猫太郎ではありません。宗太……」

と言いかけて、あずき色の肉球で口を押さえた。

「いかにも、それがしが猫の手屋猫太郎です」

ここで本名を名乗るわけにはいかなかった。

なぜなら、留守のうちにお軽によって招き入れられていた客人というのが、

「そうですか、あなたさまが猫太郎さまなのですか」

「そういう、姫さまは……」

「わたくしは琴と申します。猫の手屋猫太郎さまのお噂を耳にしまして、お屋敷をこっそり抜け出して参りました」

何を隠そう、宗太郎の〝元〟許嫁の琴姫だったからだ。

宗太郎が土間の外へ逃げ出すと、お琴も草履をつっかけて追いかけてくる。

「お噂どおりですこと、なんて見事な泡雪の毛皮なのでしょう。触ってみてもよろしいでしょうか？」

宗太郎は迷ったが、おのれの毛皮のにおいを嗅いで無臭であることを確認してから、腕を差し出した。本音を言うと、あまり毛皮には触れてほしくないのだが、むかしから宗太郎はお琴のおねだりに弱かった。

「どうぞ」

「うれしい！」

お琴は大きな目をくるくると動かし、おっかなびっくり猫の手に触れていた。小さなころから、お琴どのは動物が好きだったな、と宗太郎は思う。

「猫太郎さまは、この猫の手を町の人々にお貸しになっていらっしゃるのですね」

「それがしは猫太郎ではなく、宗太……」

「はい？」

「いえ、猫太郎です。猫の手を貸すことが、それがしの稼業ですので」

お琴が微笑(ほほえ)んでから、腰高障子の外にぶら提がる猫の手屋の看板を見上げた。

「立派な稼業ですわね、猫の手屋猫太郎さま」

お琴の足もとには、秋の日差しが長い影法師を作っていた。

少し、背が伸びたのであろうか？

しばらく会わないうちに、三郎太が『かぐや姫』と呼ぶのもうなずけるほど、お琴はまぶしい娘に成長していた。ふっくらとした白い頬はもともとやわらかそうではあったが、身体つきまでしなやかになったような気がする。

何がどう変わったのか、ぼんくらな宗太郎ではうまく言葉にすることができないのがもどかしいが、これまでのお琴とは明らかに何かが違って見えた。

こういうのを、娘盛りと言うのかもしれない。

「ところで、お琴ど……、いえ、琴姫さまはこちらへは何ゆえに？」

よもや、猫の手屋宗太郎と、〝元〟許婚の近山宗太郎が同一人物だと知ってやって来たわけではあるまい。

「ああ、そうでしたわね。立ち話もなんですので、猫太郎さまも中へどうぞ」

いや、それはこちらの台詞(せりふ)であろう。ここは、それがしの長屋であるぞ。

　そう思いつつも、逆らえずにお琴について四畳半に上がりこむと、壁際には姫付きの婆（ばあ）やの松風（まつかぜ）の姿もあった。

「お邪魔いたしております」

　松風がきれいな仕草で、三つ指をついた。

「あばら家ですが、ようこそ」

　宗太郎も姿勢を正して頭を下げた。

　大身旗本の姫君がひとりで外出するはずがないので、松風が一緒なのも当然と言えば当然なのだが、宗太郎はこの婆やが苦手だった。礼儀作法に厳しく、爺に負けず劣らずの頑固者なのである。人は老いると、みな頭が固くなるのかもしれない。

「ところで、猫太郎さま。この羊羹、おいしいですわね」

「それは、よかった。その羊羹は深川佐賀町の船橋屋（ふなばしや）のもので……っと」

　甘いものに目がない宗太郎は、危うく熱く語りそうになってしまうのをグッとこらえて涼しい顔をした。猫なので、はたから見れば、どんな顔をしていても毛皮で暑苦しそうに見えるのだろうが、それはそれ。

「して、お琴ど……、いえ、琴姫さま。本日の用向きをうかがいましょう」

「そうでした。わたくし、猫の手屋猫太郎さまの猫の手をお借りしに参りましたの。行方知れずの許婚さまをさがしていただきたいのです」

「は……？　許婚を？」

「はい。諸国をまわる剣術修行の旅に出ているのですが、あれは見え透いた嘘ですわね」

　お琴が白い頬に羊羹をほおばって、続ける。

「だって、文に書いてある出来事が、どう読んでも江戸市中のお話のことのようですし、たまに送ってくださる品々も江戸で買えるようなものばかりなんですもの」

「これ、姫さま。食べながらしゃべらない」

「あら、ごめんあそばせ。でも、この羊羹がおいしくて。そういえば、これと同じお味の羊羹を、許婚さまから何度かいただいたことがあるような気がします」

　宗太郎は涼しい顔で聞き流しながらも、お琴の鋭い指摘の数々に肉球という肉球から汗をかいていた。

　文にしたためる出来事は、確かに猫の手屋で見聞きした話が中心だった。船橋屋の羊羹も、たびたび爺を使いにやって届けさせていた。

「わたしの許婚さまは、とても真面目な方なのです。有平糖みたいに頭がお固いのが、ちょっぴり玉に瑕なのですけれども」

　老人か、と宗太郎はおのれに突っこんでしまった。人は老いなくても、頭が固くなることもある。石部金吉のおのれが、いい例だった。

「それでも、とても誠実な方なのです。それだけに嘘を吐くのが下手なのですね。文の内容で勘づかれてしまうなんて、ツメが甘いこと」

「それは……、しかし、嘘を吐こうとして吐いたわけでは」

「わかっています。きっと、事情がおありなのでしょう。そして、わたくしを子どもとお思いになっていらっしゃるから、打ち明けてくださらないのでしょう」

それは違う、と声にはのせずに否定して、宗太郎は膝の上にそろえた猫の手を強く握った。両親にさえ、なかなか言えなかったのだ。

両親に洗いざらい打ち明けて、受け入れてもらえたときは、それはうれしかった。この一歩でこんなにも憑き物が落ちた気分になれるのなら、もっと早くに明かしていればよかったと、おのれの浅はかさに後悔もした。

しかし、もしも、受け入れてもらえなかったら？

夫婦になるかもしれない娘に、

『化け猫！』

とでも叫ばれようものなら、それはつらい。

それならば、お互いのためにも縁談を反故にするのが賢明と考えたのだ。

父上は、その旨を、まだお琴どのに伝えてはいないのであろうか？

「わたくし、許婚さまに打ち明けていただけるまで何年でも待つつもりです」

まっすぐに金色の目を見つめて言われて、宗太郎は顔ごとそらした。

「わたくしは武家の娘ですもの。一年や二年会えないからと言って、なんとか日記のようなものをめそめそと綴る陰険な女流歌人とは違いますのよ。ねぇ、猫太郎さまはご存じでして？　王朝時代の古典を読みますとね、女流歌人と呼ばれる女人たちが、自分に冷たい殿方への恨みつらみを日記にたくさん綴っていましてよ」

「ほ、ほう」

お琴どのは、日ごろ、どのような古典を読んでいるのであろう？

「それに、会ってくれないのなら、会いに行けばよいだけのこと」

「いや、それはどうか」

「それで、猫の手屋猫太郎さまのお噂をお聞きしまして、猫の手をお借りしたいと思った次第なのです」

お琴はよくしゃべり、よく食べ、お軽が淹れてくれたお茶をきれいに飲み干して満足そうに笑っていた。仕立てのいい着物に身を包み、見事な細工の簪を髷にも前髪にも挿し、大身旗本の姫君として恥ずかしくない教養と所作を身に付けてはいても、中身はやはりおちゃっぴい娘なのである。

先ほどは大人びて見えたりもしたものだが、お琴の芯の部分が変わっていないことを知れて、宗太郎はなぜだかうれしく感じていた。

「猫太郎さま、お願いします。この江戸の空の下で何かしらの修行をされている、わたくしの風来坊の許婚さまをさがしてください」

　何かしらの修行とか、風来坊とか、そこはかとなく棘がある。

「ただ、ここで許婚さまのお名前を出すことは遠慮いたしたく思います。ご生家にご迷惑をおかけしてもいけませんし」

「そうでしょう、諦めることも肝要かと」

「それで、わたくし、許婚さまの人相書を持って参りました。これを元に、さがしていただけないでしょうか？」

　お琴が振り返ると、松風が風呂敷から一枚の絵を差し出した。

「こちらにございます」

「むう、拝見いたしましょう」

　宗太郎はおそるおそる、松風から人相書を受け取った。

「これは……、串団子の絵ですかな？」

「違います。わたくしが許婚さまを描いてみたのです」

　白い頬をぷっくりとふくらませてみせるお琴は、ほんのり恥ずかしそうだった。その仕草は愛らしいものだったが、絵の方はひどかった。

　それでもひたむきなところが微笑ましくて、宗太郎は口角を上げて笑った。見ようによっては、化け猫の笑いというやつだ。

「ほかに、どのようなことをお伝えすればよろしいかしら？　わたくしの許婚さまが有平糖のようなお方というのは、先ほどもお伝えいたしましたわよね。そうしたお心根のままに、厳つい（いか）お顔をされているとお思いでしょう？　でも、残念でした、お顔立ちはとっても涼やかですのよ。お父上さまに似て背も高いですし、とてもにぎわっていると聞く猿若町の芝居町で役者になったら、きっと舞台映えいたしますわ。ああ、でも、ダメです。役者になったら、わたくしだけの許婚さまではなくなってしまいます」

本人を前にしているとも知らず、にこにことうれしそうにしゃべり続けるお琴をまともに見ていられなくなって、宗太郎はしっぽりと濡れた（ぬ）鼻を舌先でペロリと舐めた（な）。

いつもならこれで大抵のことはやり過ごせるのだが、今回に限っては気が鎮まるどころか、ますますいたたまれなさが募った。

「猫太郎さま？　いかがなさいましたか、ご気分がすぐれませんか？」

「はぁ、どうも胃の腑（ふ）がもたれるようで」

「まぁ、それは大変！　羊羹が甘かったのかしら！」

「いや、羊羹の甘さは絶妙だったのですが」

羊羹でも饅頭（まんじゅう）でも甘いものには目がない宗太郎だが、お琴が紡ぐ甘い言葉というのは、飲めない酒以上に胃の腑に溜まる（た）ものだと初めて知った。

いかんぞ、泡雪の毛玉を吐いてしまいそうであるぞ。

「婆や、気付け薬を猫太郎さまに」

「いやいや、結構。ですが、しばし、失礼」

宗太郎は胃の腑を押さえて立ち上がると、土間の水瓶(みずがめ)の水を飲んでから、厠(かわや)へ向かうべく腰高障子を開いた。

するど、戸口の前には先ほどお軽に追い払われたはずの野次馬たちが舞い戻ってきていて、目が合った。一同は、雁首(がんくび)そろえて中の様子をうかがっていた。三日月長屋の大家のぬらりひょん、もとい、惣右衛門(そうえもん)の顔まであった。

「ご一同、何をされておりますのかな?」

「いや、これはアレですよ。猫太郎さんに、かぐや姫さまとのいいアレができそうだって聞きましてね」

いいご縁、か?

「でも、かぐや姫さまにはもうアレがいるようですね。まことにアレです、めでたいアレになるかとアレしましたものを」

もう許婚がいるようですね、のあとの『アレ』はほとんど解釈できなかった。惣右衛門は年のせいか、癖なのか、アレ大明神で要領を得ない。

「お軽に鯛(たい)をアレするように言っておいたんですが、ちっくりアレでしたかねぇ」

よくわからないが、鯛を支度するように言っておいたのなら、ちっくりどころか、とんでもなく気が早い手回しだ。

「まぁ、でも、気落ちしなさんな。猫先生なら、これからいくらでもいい縁がありますって。なぁ、みんな？」

「おうよ」

「そうよ」

と、三郎太の音頭で野次馬たちに一斉に慰められてしまった。

「それがしは猫先生ではないのですが」

宗太郎は厠へ行くことをあきらめて、静かに腰高障子を閉めた。

これが裏店暮らしというものだ。お節介の焼き方がいささか度を越している節もあるが、誰にも気にかけてもらえなければ、それはそれでさびしいものだろう。

「裏店というところは、気さくで楽しいところですのね」

お琴が物珍しいものを見たという顔で言うので、宗太郎は首をすくめる。

「気さくを通り越して、お気楽すぎます」

「ふふ。わたくしの許婚さまも、毎日、楽しくお過ごしになられているといいのですけれども」

お琴が胸に手を当てて、目を閉じた。

おのれのことを思い出してくれているのであろうか……。

そう思ったら、また胃の腑がもたれてきた。

「お琴ど……、いえ、琴姫さま。それがしは人さがしは得意ではないのです。許婚をさがすことは、勘弁していただきたい」

「あら。では、猫太郎さまが得意なものって？」

「む……。鼠退治、とか」

さして得意でもないが、もっとも依頼が多いのはそれだった。

「鼠退治！　わかりました、では、うちの鼠退治をお願いします！」

「なぬ？」

「このあと、一緒にお屋敷まで来ていただけますかしら？」

許婚に会いたいという話はどこへ行ったのか。

そこに執着されても困るが、変わり身の早さには、頭の固い宗太郎はついていけなかった。この胃の腑のもたれを、どうしてくれよう。

「お琴ど……、いえ、琴姫さま。それがしのような浪人風情が、白昼堂々と愛宕下の拝領屋敷に出入りするわけにはまいりません」

「あらあら？　わたくし、愛宕下の拝領屋敷からやって来たことを言いまして？」

しまった、余計なことを口走ってしまった。お琴の暮らす拝領屋敷は、宗太郎の実家のすぐ近くにあった。

「いや、その、身なりから察するに、大身旗本の姫君と思われましたゆえ、そうなると、およそ……芝あたりの武家地にお住まいなのではないかと」

「ああ、そういうことですのね。さすがは猫太郎さま、頭がおよろしいのですね」

宗太郎を見つめて目を輝かせているお琴は、とてもまっすぐな娘だ。何色にも染まっていない、まっさらな心を持っている。

娘盛りではあっても、まだ花盛りではない。ほんの蕾でしかないのだ。

やはり、お琴どのは妹のようである。

改めて、宗太郎はそう思うのだった。

結局、翌日の朝一番で、宗太郎は愛宕下界隈へ向かうことになった。

お琴の暮らす拝領屋敷で、鼠退治をするためだ。口がよく回る年若い娘にまくしたてられては、宗太郎がかなうはずもなかった。

「何ゆえ、こんなことに」

宗太郎は編み笠を目深にかぶり、ぶつぶつとぼやいて歩く。

「こんなところを知り合いに見られては、一大事であるぞ」

見られても、それが宗太郎だとは誰も気づかないだろうが、愛宕下界隈で猫の手屋の噂がヘンに広がるのは避けたかった。

実家に立ち寄って、父に縁談を反故にしてくれなかったのかと詰め寄ろうかとも思った。しかし、日が高いうちに屋敷へ出入りするのははばかられた。

「むう。何ゆえ、こんなことに」

もう、その言葉しか出てこなかった。

「お琴どのは、どこで猫の手屋のことを知ったのであろう？」

若い娘は流行り(はや)ものが好きだ。噂話を好む。盆の藪入りで長谷川町あたりの親もとに帰った奥女中がいたとしたら、そうした者の口から近ごろ流行りの猫の手屋猫太郎の噂話を聞かされて、興味を持ったのかもしれない。

それにつけても、お琴は動物好きではあるが、特に猫好きという話を宗太郎は聞いたことがなかった。では、犬好きなのかというと、それもはっきりとはわからない。

りゅうきんを二尾、出目金(でめきん)を一尾飼っていることは、以前の文に書いてあった。

宗太郎とて、お琴のすべてを知っているわけではないのだ。むしろ、知らないことの方が多いのではないかと、今さらながら気づかされた。

許嫁とは言っても、顔を合わせるのは新年のあいさつと、ほかに年に数回ほどの季節の行事のときだけだ。そうした場ではじっくり話をするわけでもないので、お互いを知りようがないというのが現実だった。

「ひょっとすると、文のやり取りをするようになった今の方が、よほどお互いを知れているのではなかろうか」

男女の縁とは、奇妙なものである。

ふと、これはいわゆる、爺を仲人（なこうど）にして恋文のやり取りをしていることになるのであろうかと考え、宗太郎は顔の前で軽く猫の手を振った。

「違うな。それがしたちの文は日記に近い」

お互いが日々の気になった出来事を綴り、交換し合う。それだけで、離れていても同じものを見聞きしたような気持ちになることができるのだから、日記とはなかなかに奥深いものだった。

お比呂と久馬がどんなやり取りをしているかは知らないが、少なくとも、あの若いふたりが書くのなら日記ではないはずだ。

などと考えながら、白塗りのなまこ塀が延々と続く武家地を歩いていると、風にのってどこかの屋敷の庭から甘い花の香りがした。

「金木犀（きんもくせい）か、もうそんな季節か」

武家屋敷は庭の手入れを欠かさないので、武家地にいると町人地では気づけない四季折々の草花の香りに出会うことがある。

そういえば、お琴どのの暮らす拝領屋敷にも大きな金木犀が植わっていたはず。

そう思って、猫の手で軽く編み笠の縁を持ち上げると、まさしくその門前にたどり着いてしまっていた。

厳かな表門だ。お琴の家は、近山家よりもはるかに知行が多い。本来なら家格の釣り合いが取れないが、親同士が親しいために縁組が決まった。宗太郎の父が公儀の要職を歴任していたこともあって、惣領息子の将来に大いに期待をこめての決断でもあったのだろう。

「……帰るか」

その期待を裏切ってしまい、今の宗太郎は一介の浪人でしかない。どの面下げて、殿さまや奥方さまの前に現れようと言うのか。

「……そうしよう、帰るとしよう」

腹が痛くなったとか、歯が痛くなったとか、弁解なら後でいくらでもできる。長くひんなりとしたしっぽを巻いて逃げ出すことも、手心のひとつだと判断した。

ところが、踵(きびす)を返すより早く、

「あっ、猫の手屋猫太郎さま！　お早いお着きですこと！」

表門の潜り戸が開いて、お琴と松風に出くわしてしまった。

「なんとも間の悪いこと」

ペロリ、ペロリ。

宗太郎は編み笠に隠れて、忙しなく鼻を舐めた。

「お琴ど……、いえ、琴姫さま、おはようございます」

「猫太郎さま、おはようございます」

「それでは、それがしはこれで」

「えっ、もう帰ってしまうのですか？」

「少々、気分がすぐれませんもので」

「まぁ、昨日もそうでしたわね。寒気はしますか？　食欲はありますか？」

お琴がうんと背伸びをして、編み笠に隠れる宗太郎の額に手を伸ばした。

「お熱があるのかしら？」

はからずも間合いを詰められたことにぎくりとして、とっさに宗太郎は一歩後ろに退がった。

「あら、どうしてお逃げになりますの？」

「むむ、熱はありませんので」

「では、食欲は？」

「存分にありますとも。今朝も、お軽どののお煮しめと納豆汁を食べて出てきました」

「納豆汁？　それはなんですか、納豆なのに汁物なのですか？」

「棒手振りの納豆売りが刻んだものを売りに来まして、裏店暮らしの朝にはなくてはならない味噌汁です」

武家の姫君には、縁のない献立だ。

「そうでございましたか、町方の暮らしの朝に重宝するお味噌汁なのですわね。そういうお話、また教えてくださいね」

婆やも覚えておいてね、とお琴が背後に控える松風に小声で言った。

そして、くるりと顔を前に戻すと、

「ところで、猫太郎さま。お身体が息災ということでしたら、これからわたくしと一緒に愛宕山へ参りませんか？」

と、今日も今日とて清々しいほどに話が飛んだ。

「ほら、ご覧になって。今日は鱗雲の浮く秋晴れですから、愛宕山からの眺めはきっと心がすくと思いますの」

「そうでしょうな。どうぞ、お気をつけて行ってらっしゃい」

「違います、猫太郎さまも一緒です」

「それがしは鼠退治をいたさねばなりませんので」

何もしないで逃げ帰るつもりでいたことを棚に上げて、宗太郎は仕事を引き合いに出して、この話を煙にまこうとした。

「ああ、それならもういいのです。最近、庭に野良猫の親子がやってくるようになったのですけれども、そのおかげなのかしら、鼠の姿をとんと見なくなりました」

「なんと、さようで」

煙にまくつもりが、まかれてしまった。

そういうことなら、なぜ、猫の手屋に鼠退治を頼んだのであろう？

宗太郎の懐には、国芳に描いてもらったばかりの鼠除けの猫絵が数枚押しこまれていたが、無用の長物だったようだ。

「猫太郎さま、琴と一緒に愛宕山へ行ってくださいますわよね？」

ね、ね、と少し鼻にかかったかわいらしい声で何度もねだられて、宗太郎はまたしても否やを言えなかった。

「むう……。では、お供つかまつろう」

「うれしい！」

何ゆえ、こんなことに。

宗太郎は、すっかりお琴の尻に敷かれているのだった。


愛宕山は、御府内唯一の天然の山である。

であって正しくは山ではない。

上野寛永寺界隈も『上野のお山』として江戸っ子に親しまれているが、あちらは台地であって正しくは山ではない。

山上の愛宕権現は火伏にご利益があり、境内からは武家屋敷の甍ばかりか江戸湊の海まで一望できるとあって、錦絵に描かれることも多い芝きっての名所だった。

今の季節だと、山上は風が気持ちいいだろう。秋晴れの空の下に広がる江戸の町を眺めれば、心もすくだろう。

「しかし、何ゆえ、こんなことに」

宗太郎は、もう何度口にしたかわからない言葉をつぶやく。

どういう巡り合わせで〝元〟許嫁と愛宕山詣でをしなければならないのか、神仏はおのれになんの試練を与えたいのか。

「まさか、これも白闇のちょっかいなのか」

宗太郎は疑心暗鬼になって、どこかでニヤニヤと笑っているかもしれない黒猫の姿をさがした。

そして、何気なく後ろを振り返り、お琴主従よりもずいぶん先を歩いてしまっていることに気づいた。お琴と松風の姿はまだなまこ塀の続く武家地にあったが、宗太郎はすでに愛宕下通りに流れる桜川までやって来ていた。

愛宕山は武家地の真ん中にそびえる山なので、周囲に門前町はない。大名屋敷のなまこ塀の向かいに、いきなり松柏の生い茂る山肌が見えているありさまだ。

その山裾をたどって南北に長い堀割が作られており、それを桜川と呼んだ。愛宕山も神君家康公が愛宕権現を勧請するより前は、桜田山と呼ばれていたそうだ。

この桜川に架かる木橋を渡ったところが、愛宕山の山門になる。

桜川沿いの愛宕下通りは、これから江戸の町を見下ろそうと意気ごむ参詣客で、結構なにぎわいを見せていた。

宗太郎は足を止めて、お琴が追いつくのを待った。化け猫風情に置いていかれたことに腹を立てているふうでもなく、お琴はずっとにこにこと笑っていた。

「琴姫さま、疲れましたか?」

「いいえ、大丈夫です。それよりも、うふふ」

「何か、楽しいことがありましたか?」

「この愛宕山は、桜の名所でもあるのです」

「ほう」

また、話が飛ぶようだ。

「去年の春、許婚さまが桜を見に連れてきてくれたことがあるのです。でも、ふたりでいても何もしゃべらないし、挙句、おひとりでずんずん先に行かれてしまうし、わたくし、追いつくのが大変でしたの」

「ほ、ほう……」

そんなこともあったな、と宗太郎はお琴の視線から逃げるように編み笠を深くかぶり直した。父に半ば命じられてお琴を花見に誘ったはいいが、ふたりでいることにいっぱいいっぱいになってしまって、歩幅を合わせてやることも、楽しい会話をしてやることもできなかった。

ぼんくらの宗太郎には、婦女への気遣いというものが欠けているのだ。

「ですけれどもね、ときどき、許婚さまが振り返ってくれたのです。そして、足を止めて待っていてくださったのです」

「ときどき、ですか」

「はい。不器用な方なのです、わたくしの許婚さまは。そこがいいところでもあるのですよ、おかわいらしくて」

「かわいらしい⁉」

「ええ。なんだか、猫太郎さまに少し似ています」

そう言って、お琴が編み笠の下の顔をのぞきこんできたので、宗太郎はびっくりして後ろへ大きくあとじさった。その拍子に、何かを踏んだようだった。

「おおう、また運が付いたか」

犬の糞（くそ）だった。

に教える。

「ウンがつく?」

お琴がかわいらしく小首を傾げたので、宗太郎は草履を地面にこすりつけながら丁寧

「長谷川町では犬の糞を踏んだとき、〝フン〟と読んで〝運〟に言い替え、〝運付く〟と洒落にしているのです。それがしには〝運尽く〟にしか思えないのですが」

と、ここまで口にしてしまってから、これは武家の姫君相手に丁寧にするべき話ではないことに気づいた。気遣いの見せどころを間違えてしまった。

「いや、その、失礼した」

「うふふ。町方の暮らしは知らないことばかりですので、納豆汁のときみたいに、またこうして教えてもらえてうれしいです」

「それがしも、市井での暮らしはまだ知らないことばかりです」

「猫太郎さまは、武士でいらっしゃるのですよね?」

「いかにも。訳あって、このように奇妙奇天烈な白猫姿に身をやつしていますが、もとは人です。今も武士です」

ここここそ丁寧に伝えたいところだったので、宗太郎はしっかりとお琴の大きな目を見て語った。お琴も、笑わずに聞いてくれていた。

これが町の人々だと聞く耳を持たずに、人になりかけの猫だと決めてかかる。敢えて、

長屋に流れ着くまでの事情については聞いてこない。

　それが裏店暮らしの、暗黙の法度なのだ。

「猫太郎さまは、ご苦労されておりますのね」

「それが、そのときはどうしてこんな苦労をと思えたことも、振り返ってみると、どれも人生のよき糧であったように思います」

「人生の、よき糧？」

「はい、拝領屋敷と剣術道場の往復だけでは知り得ないことを数多く学びました」

「剣術道場……」

　お琴が宗太郎の二本差しを見つめて、黙りこんだ。剣術修行の旅に出ていることになっている、許婚のことを思い出したのかもしれない。

　目の前にいるのが、その許婚だとも知らずに。

「猫太郎さまは、どうしたら人のお姿に戻れるのですか？　人のお姿に戻りたいとお思いですか？」

　子どもらしい、屈託のない顔で訊かれた。

「もちろんですとも。百の善行を積めば、人の姿に戻れます」

「善行を積めば、人の姿に戻れるのですか？」

「はい、そのための猫の手屋です」

「百とは、大層な数ですこと……」

水仕事を知らないきれいな手で、お琴が指折り数える仕草をする。

「立派な稼業には、そういうわけがございましたのね」

お琴どの、実はそれがしの名は宗太郎と申します。

そう打ち明けることができたなら、愛宕山の山上へ上るより、どれほど心がすくであろう。

「お琴ど……、いえ、琴姫さま」

「あの、猫太郎さま」

同時に声を発し、口をつぐんだ。

「お琴さまから、お先にどうぞ」

危ない。今、それがしは何を口走ろうとしていたのであろう。

お琴の方も言い淀むように一度は顔をうつむけたが、すぐに先ほどと同じ屈託のない顔をする。

「猫太郎さまは、人のお姿に戻ったら、まず何をなさりたいですか？」

「人の姿に戻ったら？」

はてな。人の姿に戻ることばかり思い描いていたので、戻ったら何をしたいかまでは考えたことがなかった。

しかし、答えはすぐに出た。

「会いたい人がおります」

「会いたい人？」

「不義理をしてしまったことを、まずは会ってあやまりたい」

「ご家族さまですか？」

「家族……、そうですね。いずれ、家族になる人でした」

「でした？」

「それがしにはもったいない姫君です」

目の前にいるのに、洗いざらい打ち明けられないことがもどかしい。

今は目をそらさずにいることで、精いっぱいだった。

「そうでございますか」

と、先にお琴が目をそらした。

細い肩が、花がしぼむように下がっていた。宗太郎の不義理という言葉から、風来坊の許嫁のことを思い出したのかもしれない。

ふたりの頭上で、百舌鳥（もず）が鳴いた。

せっかくの秋晴れなのだから、絶景を望もう。

「琴姫さま、愛宕山に上りましょうか」

歩きだそうとした宗太郎の袖を、お琴が指先だけで遠慮がちにつかんだ。

「猫太郎さま、わたくし、愛宕山でかわらけをいたしとうございます」

「かわらけ？　素焼きの皿のことですか？」

「そうです。ですけれども、違います。京の都にある愛宕山では、山上から谷底へかわらけを投げる願掛け遊びがあるそうです」

それは、宗太郎も聞いたことがある。山上から投げたかわらけが谷底の的に当たれば、願いが叶う（かな）というものだ。

「ですが、琴姫さま、ここは江戸の愛宕山ですぞ。この山では、かわらけはやっていませんでしょう」

「わかっています。ですから、江戸の愛宕山ならではのやり方で願掛けをいたしとうございます」

思いのほか強い力で袖をつかまれていることに驚いたが、宗太郎はちゃんとお琴の話を聞いてやろうと向き直った。今のおのれにできることであれば、なんでもしてやりたいという兄が妹を思う心地になっていた。

「お聞きしましょう。江戸の愛宕山ならではとは？」

「愛宕山の山上へ行く道は、急な男坂（おとこざか）と、ゆるやかな女坂（おんなざか）がございます」

宗太郎は首をめぐらせて、愛宕山を振り仰いだ。

桜川の向こうの山門から天に向かって、御府内いち急峻な石段が見えている。七十二段の男坂だ。あまりにも勾配が急なため、幅二間ほどの石段の真ん中には鉄鎖が打ちこまれてあり、それを頼りに上り下りする者もいるほどだった。

それほどの石段であっても、江戸名所に数えられるだけあって、引きも切らず参拝客が男坂に挑んでいた。今も中腹あたりで、足を止めて腰を叩いている職人風の男の後ろ姿が見えた。

一方、その右手にはゆるやかな石段が設けられていた。百八段の女坂だ。男坂にくらべると距離が長く、上る段数も増えるが、なだらかな傾斜でのんびりと山上までの道のりを楽しむことができた。

男坂は男のため、女坂は女のためというわけではなく、足腰に自信があれば婦女でも男坂を上るし、老人や子どもは男でも女坂を上るのが無難だった。

「わたくし、今日は男坂を上ります」

「男坂を？　いやはや、それは無理がありましょう、怪我でもしたら大事です」

日ごろから歩き慣れている町娘ならいざ知らず、武家の姫君が男坂を行くのは無茶が過ぎる。

「それがしも女坂を行きますゆえ、ともにゆっくり参りましょう」

「猫太郎さまは、男坂をひと息にお上りください。途中で足を止めてはいけません。振り返ってもいけません。ひと息に男坂をお上りすることがおできになれば、猫太郎さまの願いが叶います」

「それがしの願いとは？」

「人のお姿に戻りたいとお思いなのでしょう？」

それはそうだが、と宗太郎は目を泳がせる。ひと息に上って行ったら、後ろをついてくるお琴のことを『ときどき』振り返って、足を止めて待つことができない。

「わたくしのことは、お気遣いなく。わたくしにはわたくしの願掛けがございます」

「琴姫さまの願掛けとは？」

「わたくしが男坂を上りきれましたら、許婚さまとの祝言の願いが叶います」

「いや、それは……」

「わたくし、何年でも待ちます。許婚さまが武士の本懐を遂げてお帰りになるのを、ずっと待っています」

お琴が勝気な表情で、男坂を見上げる。

「ですから、途中で足を止めることなく、必ず上ってみせます。この愛宕山で、願いを叶えてみせます」

むかしから、お琴は言い出したら聞かないことがあった。子どもらしいわがままだと思っていたが、今はとんだ頑固者に思えた。

「琴姫さま、ひとつうかがってもよろしいでしょうか？」

「ひとつと言わず、猫太郎さまならいくつでもどうぞ」

「何ゆえ、そこまで、風来坊の許婚にこだわるのですか？　琴姫さまほどの器量、度量、お家柄でしたら、いくらでも良縁がございましょう」

「許婚さま以外の殿方のご縁ですって？　そのようなこと、考えてみたこともありませんでした」

「恋……をしたいとは、お思いになりませぬか？」

「恋って、なんですの？」

お琴がまた、かわいらしく小首を傾げた。

「それも町方の暮らしにあるものですか？」

「む……。そ、そうですな。町の人々は、熱に浮かされた恋をしてから祝言を挙げるもの……のようです」

「武家では逆です。祝言を挙げてから、一生をかけた恋をします」

「一生をかけた……」

その言葉に、宗太郎は猫背になっていた背筋を伸ばした。

「わたくしは、祝言で終わるような一時の熱の恋なら知らないままで構いません。許婚さまと、一生をかけた恋がしたいのです」

「ですから、何ゆえ、そこまで風来坊の許婚にこだわるのか」

「許婚さまのお書きになる手跡(しゅせき)が、とても見事なのです」

「はい？」

「乱れひとつありません。真面目なお人柄がよく出ていると思います」

宗太郎は喜八から、字は心を表すと言われて育った。剣術を極めるのと同じくらい、心して書を極めよ、と。

「わたくし、許婚さまのお書きになる手跡が好きです。頭は固いし、不器用だし、ついでに不愛想で不精でもありますけれども、あの見事な手跡を見れば、誠実な方であることはわかります」

「今のはほとんど悪口ですぞ」

「あら、そうかしら。では、ここだけのお話にしておいてくださいね」

うふふ、と笑って、お琴が口の前に人差し指を立てた。

「それに、わたくし、少しうぬぼれているのかもしれません」

「と、申しますと？」

「だって、あの不愛想で不精な許婚さまが、わたくしにだけはとてもおやさしいのですもの。文もちゃんと返してくださいます。こんな子ども相手に、いつだってまっすぐ向き合ってくれます。許婚さまにこそ、ほかに良縁がありましょうに」

「ご案じなさいますな、それはまったくありませんので」

言ってしまってから、また余計なことを口走ったとうろたえた。

「たとえ、良縁があっても構いませんわ。もっと大人になって、必ず振り向かせてみせます。猫太郎さまは、八百屋お七をご存じ？」

「はて？」

「火事の晩に知り合った殿方と情を交わした八百屋の娘が、また火事になれば好いた殿方に会えると思い、付け火をする話です」

「付け火はいけませんぞ」

「ええ、いけません。ですけれども、覚えておいてくださいましね。わたくしも許婚さまに会うためでしたら、なんでもいたします」

「なんでもとは、聞き捨てなりませんな」

「うふふ。そのひとつが、今日の愛宕山の願掛けです。この男坂を上って願いを叶えてみせます。さぁ、猫太郎さま、参りましょう」

宗太郎の袂を握っていた手を放して、お琴が桜川に架かる木橋を渡った。

その小さな背中を追いかけて、宗太郎は考える。

男坂を上るべきか、女坂を上るべきか。

お琴を置いてひとりでひと息に男坂を上るのは容易なことだが、それを選ぶつもりはなかった。最善なのは、ともに女坂を上ることだろう。

「しかし……」

ここまでの思いを聞かされて、それをなかったことにするように女坂を上るのが本当に最善なのか、迷いがあった。正しい選択と、よい選択は違うのではないかという、以前の宗太郎なら気づかなかった人情の機微に今は気づけるようになっていたからだ。

宗太郎が武士として常に丹田に力をこめているように、お琴も武家の姫君としていつでも芯のある姿勢を貫いている。

子どものようでありながら、大人のようでもある。妹のようでありながら、姉のようでもある。

まだ知らないお琴の一面があるのなら見てみたいと、宗太郎は強く思った。

「婆やは女坂を上ってね、腰を痛めてはいけませんから」

山門をくぐったお琴が、右手の女坂を指差した。ちょうど、どこぞの武家の姫君とお付きの奥女中たちが上って行くのが見えた。

「先に着いてしまったら、山上の出茶屋で香煎湯（こうせんゆ）を飲んで待っていてね」

「何をおっしゃいますか。姫さまが願掛けなさると言うのに、この松風がそのように腑抜けた坂を上ることができましょうや」

「それじゃあ、一緒に男坂を上ってくれる？」

「その代わり、今夜は腰と足を姫さまに揉んでもらいましょう」

「それくらいのことでいいのなら、いくらでも」

主従がにこやかに笑い合って、男坂へ足を進めた。

「猫太郎さまは、どうでしょう？　わたくしたちが上りきるまで山上の出茶屋で待っていてくださいますか？」

お琴が振り返って、ぐずぐずと後ろを歩いている宗太郎に言った。

屈託のない、あどけない笑顔だった。

宗太郎は一拍置いてから、答える。

「いえ、出茶屋で待つことはできません」

「そうですか……。そうですね、わたくしと婆やの足では、どれだけ刻がかかるかわかりませんものね。お待たせしてしまいますものね」

笑顔が一変して、泣きそうな表情になった。それを気取られまいとして、必死にまばたきを繰り返している様子がいじらしい。

そうまでして、風来坊の許婚との将来のために願掛けを成し遂げたいものか。

お琴が見せる数々の表情の向こう側におのれがいるのかと思ったら、また胃の腑がもたれる……かと思いきや、不思議と喜びの方が勝った。

お琴はまっすぐでまっさらで、そして、素直だ。

おのれも素直になってみようと思わせるほどに。

「それがしは、猫の手屋です。猫の手も借りたいほどせわしない人、または困っている人たちに、この〝猫の手〟を貸すことを生業にしています」

「はい、立派な稼業でございますわね」

世のため、人のため。

それはひいてはおのれのため、猫のため。

「白闇よ」

と、つぶやいて、宗太郎はぐるりを見回した。

白闇よ、どこかで見ているのであろう。今はこの大義に、許嫁のため、という私情をはさんでもいいであろうか？

「琴姫さま、どうぞ」

宗太郎はお琴の前に進み出ると、先ほどまでつかまれていた袂を差し出した。

「それは？」

「男坂を上られるのでしょう、それがしの猫の手をお貸ししましょう」

「えっ、でも、それでは猫太郎さまの願掛けが」

「それがしの願掛けは、犬猫がらみにご利益のある三光稲荷でしております。本日は猫の手屋として、琴姫さまの願掛けのために、この猫の手をお貸ししましょう」

かみますように」

「それがし一段先を歩いて引っ張って行きますので、右手でそれがしの袂を、左手は石段の柵をつかんで上ってください。松風どのは右手で琴姫さまの袂を、左手で柵をつかみますように」

指示して、宗太郎は秋の日差しに照らされる男坂を振り仰いだ。

無事に山上まで上って、お琴どのの願掛けを成し遂げてやりたい。そのときに、この頑固な許嫁がどんな表情を見せるのか、見届けたいと思った。

「猫太郎さま、それは猫の手ではありませんわ。猫の袂です」

「むむ」

おちゃっぴい娘は、平気で大人を言い負かす。

宗太郎が気後れして腕を引っこめようとすると、お琴が慌てて袂をつかんだ。紅葉のような、小さな手だった。

「猫の袂でもうれしいです。貸してくださって、ありがとうございます」

「これが猫の手屋の仕事ですので」

「今はお仕事でも、いつかは……」

「はい?」

男坂を下りてきた若旦那衆が声高に話し出す声にかき消されて、その続きの言葉は宗
「猫の手を……」

太郎には聞き取れなかった。

鱗雲の浮く秋晴れの空では、しきりに百舌鳥が鳴いていた。

三

その夜、身体は疲れていたが、頭は妙に冴えていて、宗太郎はなかなか寝つくことができなかった。

「三光稲荷へ顔を出すか」

こういう夜は、猫の祭りに参加してみたいものだ。それだけで本当に人の姿になれるというのであれば、頭に手拭いをのせて踊ってもいい。

念のために懐に真新しい手拭いをしのばせて三光稲荷に顔を出したが、境内はひっそりとしていた。

「まぁ、そうであるな」

境内には人には見えない、聞こえない結界が張ってあり、猫の祭りはその中で催されているという話だった。

見上げれば、きれいな星月夜が広がっていた。そのまま、目線を朱塗りの鳥居のてっぺんへと動かすと、いつものように白闇がいた。

「白闇よ、鳥居の上は、見晴らしがよいか？」

「若造よ、そこそこかのう」

「愛宕山の方が見晴らしはよいであろう？」

「そうかもしれんのう」

「そこもと、昼間、愛宕山にいなかったか？」

　宗太郎は鎌をかけるように訊いたが、白闇は飄々としていた。

「芝界隈には、わしとは別の猫股が居座っておる」

「そうなのか？　それがしは芝に長く暮らしていたが、そうした怪異とはまったく縁のないものであったぞ」

「土地ごとに猫股はおるものよ。若造が酒に酔ったのが芝であれば芝の猫股に、深川であれば深川の猫股に祟られていたであろうよ。今後も、気をつけるがよい」

「そういうものか」

　うなずきかけて、宗太郎は首を振った。

「いやいや、それがしは猫股に祟られているわけではない。もののふのけじめを付けているだけである」

　それに、もう二度と酒に酔って猫を踏みつけるような粗相はしない。

「土地ごとに猫股がおるのでな、江戸市中の大抵のことがわしの耳に入るわい。愛宕山は、楽しかったかえ？」

かえって訊き返されて、宗太郎は押し黙った。

愛宕山でのこと、ひいてはお琴のことを、この猫の妖怪はどこまで知っているのであろう？

「若造、今夜は何をつまらなきことで迷っておる？」

「それが何も迷ってはいないのだ。昼間の秋空のように、清々しく晴れ渡っている」

「それは重畳」

「そこもとと出会って一年経ってしまったことが、迷いというか、悩みではあるがな」

「くっくっ。やはり、お前さんが三光稲荷に来るときは、なんぞつまらなきことに迷っているときである」

「迷ってはいないとも」

「猫の手屋、よきことかな」

「む？」

「立派な稼業だと、言われておったのう」

「やはり愛宕山にいたのか⁉」

どうやら、お琴とのやり取りを聞かれていたようだ。

猫とは忍びの者、神出鬼没で油断も隙もあったものではない。

「お琴どのに、よろず請け負い稼業の猫の手屋なるものがあることを教えたのは、そこもとのちょっかいによるものか？」

「猫股とは暇を持て余す稼業ぞ」

「そんなのは稼業とは言わん」

「暇を持て余すことに忙しくて、ちょっかいもお節介も焼かんぞ」

「なぬ？　では、お琴どのに猫の手屋の稼業を教えたのは？」

ひょっとして、とひとりの人物の顔が思い浮かんだ。

「父上……か？」

拝領屋敷で宗太郎から頼みごとを聞かされた父は、別れ際までずっと扇子をもてあそんでいた。心ここにあらずといったふうで、思案に耽っていた。

『そうかい。一毛皮抜けたかと思ったが、やっぱり、お前は薄っぺらだな』

その言葉にこめられているのは失望なのかと、早合点していた。

『まだまだだな、つまんねぇ世話をかけさせやがって』

そういう意味だったのだとしたら、辻褄が合う。

父も母も嫁にもらう前から、すでにお琴を娘のようにかわいがっている。すんなり縁談の反故を受け入れるはずがなかった。

「待て、待て。そうだとすると、お琴どのは猫の手屋猫太郎の正体を知っているのであろうか?」

『そこまで言ったら、おもしろくねぇだろう』

なぜだか、そんな父の声が聞こえた気がした。何がおもしろくて、おもしろくないのか、ぼんくらな宗太郎にはあずかり知らぬところだが、あぐらをかいた父が扇子をもてあそびながら言いそうな台詞だった。

「そういうことであったか」

宗太郎は鳥居に額をぶつけて、おのれの鼻元料簡(りようけん)を嘆いた。

「親とは、ありがたいものであるな」

「そうかえ」

「そして、お節介とはありがたいものであるな」

「そうかえ」

近ごろ、めっきり涙もろくなった宗太郎は目頭が熱くなるのを感じて、顔を夜空へ上向けた。

星月夜に、明るい星が流れた。

目をつむり、それぞれの願いが叶いますようにと願う。

「願うだけではいかんな」

すぐに目を開けた宗太郎は、おのれの二の腕で力こぶを作った。

「この猫の手で百の善行を積んで、願いを叶えてみせよう」

「猫のお白洲を開くかえ?」

「いや、もう少し先でよい。今しばらくは町の人々に世話を焼かれて、焼いて、恩を送りたい」

しっかりとものものふのけじめを付けたのち、胸を張って家族のもとへ帰りたい。その日が少し先になろうとも、一毛皮も二毛皮も抜けたおのれを見せたかった。

両親のもとへ、だけではなく、家族のもとへ。

お琴の思いを知り、これからはもう少し気遣いを見せながら、対等に向き合おうと心に誓った。妹のようだから、というのは都合のいい言い訳でしかないことに気づいてしまった。

「重畳、重畳」

白闇がうとうとし出したので、宗太郎は目の縁を毛深い手の甲でぬぐって三日月長屋へ帰ろうとした。会話の途中で、この猫股はすぐに眠ってしまう。

「寝て起きて大あくびして人の恋」

「なぬ? 白闇よ、それは寝言か? それを言うなら『寝て起きて大あくびして猫の恋』であろう」

化政調で知られる、信濃の国の俳諧師の一句である。

「お前さんは猫なのかえ？」

「まさか、人だとも」

「そうであろう」

宗太郎は寝言にまともに突っこんでしまったかと首を傾げつつ、境内を出た。

「猫の恋というが、猫も恋をするのであろうか？」

宗太郎は人なので、猫のことはわからない。

人の恋も、よくわからない。

「いずれ、一生をかけた恋ができればよい」

三日月長屋に帰ったら、琴に日記のような文を書こうと思った。

*

前略ごめんください。

宗太郎さま、お変わりはございませんか。

わたくしは、先日、町方で評判の猫の手屋さんと愛宕山詣でをしてまいりました。

宗太郎さまは、猫の手屋さんをご存じですか。猫の手を貸すという、立派な稼業をなさっている泡雪の毛皮の武士がいらっしゃるのです。

愛宕山では、京の都のかわらけを真似て、男坂を上る願掛け遊びをしましたのよ。

わたくしが何を願掛けしたか、お知りになりたいですか。

成し遂げられたか、お気になりますか。

文にしたためずとも、宗太郎さまのことですから、もうわかっていらっしゃるのでしょうね。

わたくし、ずっと待っていますから。

琴のお願いごと、きっと叶えてくださいましね。

あらあらかしこ
琴

追伸
庭の野良猫の親子に、ギヤマンの金魚鉢を割られてしまいました。
幸い、金魚たちは無事です。

この作品は、集英社文庫のために書き下ろされました。

かたやま和華の本

猫の手、貸します

猫の手屋繁盛記

ある事情で猫の姿になってしまった浪人・宗太郎（通称、猫太郎）。裏長屋で便利屋「猫の手屋」を営む彼の元には、人々の相談が舞い込んで……。奇妙奇天烈な猫のサムライが大活躍するあやかし時代劇！

集英社文庫

かたやま和華の本

化け猫、まかり通る

猫の手屋繁盛記

とある事情で猫の姿になってしまった浪人の宗太郎。善行を積めば元の姿に戻れるということから、市井の人々から舞い込んだ依頼を受けて今日も奔走する。大人気あやかし時代小説、第2弾！

集英社文庫

角田光代　マザコン
角田光代　三月の招待状
角田光代／松尾たいこ　なくしたものたちの国
角田光代他　チーズと塩と豆と
角幡唯介　空白の五マイル　チベット、世界最大のツアンポー峡谷に挑む
角幡唯介　雪男は向こうからやって来た
角幡唯介　アグルーカの行方　129人全員死亡、フランクリン隊が見た北極
梶よう子　柿のへた　御薬園同心　水上草介
梶よう子　お伊勢ものがたり　親子三代道中記
梶井基次郎　檸檬
梶山季之　赤いダイヤ(上)(下)
片野ゆか　ポチのひみつ
片野ゆか　ゼロ！　熊本市動物愛護センター10年の闘い
かたやま和華　猫の手、貸します　猫の手屋繁盛記
かたやま和華　化け猫、まかり通る　猫の手屋繁盛記
かたやま和華　大あくびして、猫の恋　猫の手屋繁盛記

加藤千恵　ハニー　ビター　ハニー
加藤千恵　さよならの余熱
加藤千恵　ハッピー☆アイスクリーム
加藤千恵　あとは泣くだけ
加藤千穂美　エンキリ　おひとりさま京子の事件帖
加藤友朗　移植病棟24時
加藤友朗　移植病棟24時　赤ちゃんを救え！
加藤実秋　インディゴの夜
加藤実秋　チョコレートビースト　インディゴの夜
加藤実秋　ホワイトクロウ　インディゴの夜
加藤実秋　Dカラーバケーション　インディゴの夜
加藤実秋　ブラックスローン　インディゴの夜
加藤実秋　ロケットスカイ　インディゴの夜
金井美恵子　恋愛太平記1・2
金子光晴　金子光晴詩集　女たちへのいたみうた
金原ひとみ　蛇にピアス

金原ひとみ　アッシュベイビー
金原ひとみ　AMEBICアミービック
金原ひとみ　オートフィクション
金原ひとみ　星へ落ちる
加野厚志　龍馬暗殺者伝
加納朋子　月曜日の水玉模様
加納朋子　沙羅(さら)は和子(わこ)の名を呼ぶ
加納朋子　レインレイン・ボウ
加納朋子　七人の敵がいる
壁井ユカコ　2.43　清陰高校男子バレー部①②
鎌田實　がんばらない
鎌田實／高橋卓志　生き方のコツ　死に方の選択
鎌田實　あきらめない
鎌田實　それでもやっぱりがんばらない
鎌田實　ちょい太でだいじょうぶ
鎌田實　本当の自分に出会う旅

集英社文庫　目録（日本文学）

鎌田　實　なげださない
鎌田　實　たった1つ変わればうまくいく　生き方のヒント幸せのコツ
鎌田　實　いいかげんが　いい
鎌田　實　がんばらないけどあきらめない
鎌田　實　空気なんか、読まない
鎌田　實　人は一瞬で変われる
神永　学　イノセントブルー　記憶の旅人
加門七海　うわさの神仏　日本闇世界めぐり
加門七海　うわさの神仏　其ノ二　あやし紀行
加門七海　うわさの神仏　其ノ三　江戸TOKYO陰陽百景
加門七海　うわさの人物　神霊と生きる人々
加門七海　怪のはなし
加門七海　猫　怪　々
香山リカ　NANA恋愛勝利学
香山リカ　言葉のチカラ
香山リカ　女は男をどう見抜くのか

川上健一　宇宙のウインブルドン
川上健一　雨鱒の川
川上健一　ららのいた夏
川上健一　翼はいつまでも
川上健一　四月になれば彼女は
川上健一　渾身
川上弘美　風花
川西政明　決定版評伝　渡辺淳一
川端康成　伊豆の踊子
川端裕人　銀河のワールドカップ
川端裕人　今ここにいるぼくらは
川端裕人　風のダンデライオン　銀河のワールドカップ ガールズ
川端裕人　雲の王
川村二郎　孤高　国語学者大野晋の生涯
川本三郎　小説を、映画を、鉄道が走る
姜　尚中　在日

姜尚中・森達也　戦争の世紀を超えて　その場所で語られるべき戦争の記憶がある
姜　尚中　母　―オモニ―
姜　尚中　心
神田　茜　ぼくの守る星
木内　昇　新選組　幕末の青嵐
木内　昇　新選組裏表録（うらうえ）　地虫鳴く
木内　昇　漂砂のうたう
喜多喜久　真夏の異邦人　超常現象研究会のフィールドワーク
喜多喜久　リケコイ。
北　杜夫　船乗りクプクプの冒険
北大路公子　石の裏にも三年　キミコのダンゴ虫的日常
北方謙三　逃（の）がれの街
北方謙三　弔鐘（ちょうしょう）はるかなり
北方謙三　第二誕生日
北方謙三　眠りなき夜
北方謙三　逢うには、遠すぎる

集英社文庫

大あくびして、猫の恋 猫の手屋繁盛記

2016年10月25日 第1刷　　定価はカバーに表示してあります。

著　者　かたやま和華

発行者　村田登志江

発行所　株式会社 集英社
東京都千代田区一ツ橋2-5-10　〒101-8050
電話　【編集部】03-3230-6095
【読者係】03-3230-6080
【販売部】03-3230-6393（書店専用）

印　刷　図書印刷株式会社

製　本　図書印刷株式会社

フォーマットデザイン　アリヤマデザインストア　　マークデザイン　居山浩二

ISBN978-4-08-745509-0 C0193